JN048114
10
ようこそ実力至上主義の教室へ2年生編
Welcome to the Classroom of the Second-year
衣笠彰梧
トモセシュンサク

「冷めたな」

「冷めたわね」

「真似するなよ」

「真似しないで」

大したことでもないのに、
お互いの意思がリンクした感覚が
妙に可笑しかった。

「え――？」

「会いたかった。
どんな形でも綾小路くんと2人だけで。
……こんな私のこと
気持ち悪いって思う、かな……？」
「気持ち悪い？　どうして」
「どうしてって……彼女がいる男の子に、
こんなやり方して会いに来るなんて……」

坂柳有栖(さかやなぎありす)

10

ようこそ実力至上主義の教室へ2年生編

Welcome to the Classroom of the Second-year

ようこそ
実力至上主義の教室へ
2年生編10

衣笠彰梧

MF文庫J

ようこそ実力至上主義の教室へ2年生編 
Welcome to the Classroom of the Second-year

contents

橋本正義の独白 P011

2年生3学期開幕 P014

生存と脱落の特別試験 P045

差し入れ人の正体 P084

アドバイス P118

ゲームチェンジャー P151

攻防の四角形 P186

新たな退学者 P277

覚醒の前触れ P313

口絵・本文イラスト：トモセシュンサク

○橋本正義（はしもとまさよし）の独白

詰まるとこ、分かりやすく言えば俺は人間不信だ。

心から誰かを信用するってことに、強いアレルギーを持ってる。

他人を心から信用したりは絶対にしない。

だってそうだろ？

人は簡単に裏切る。
大丈夫だから信じてくれと懇願しながら裏切る。
信じた分、裏切られた時のショックはデカい。

だったら裏切られる前に裏切った方がいいと思わないか？
バカ正直に生きて苦労するより、ズル賢く生きて得する方がいい。

それが俺の――『橋本正義(はしもとまさよし)』の絶対方針だ。

正義、ね。

正義……。


自答のたび、自分の名前に対する嫌悪が湧く。

その感覚、今時珍しいことでもないみたいだけどな。

心底から自分の名前を嫌う連中と比べたら、俺の嫌悪は、まあ可愛(かわい)いもんさ。

俺は自分自身の考えと名前のミスマッチから嫌悪しているに過ぎない。

マサヨシとセイギは全く無関係だ。

理屈じゃ分かってる。

それでも、俺の名前を見れば誰だって一度は違う方を連想する。

名前から勝手に、人の中身を判断する。


悪いけどさ、俺はセイギのミカタになんてもうならない。

この学校に入った時から、覚悟を決めていた。

必ずAクラスで卒業して――俺を裏切った連中を見返すと。

そのためになら、どんな汚いことでもやってやるさ。
誰だって蹴落としてやる。
誰にだって恨まれてやる。
相手が龍園(りゅうえん)でも、坂柳(さかやなぎ)でも。
そして綾小路(あやのこうじ)でも。
誰が相手でも俺は変わらない。
俺のためだけに、行動する。

○2年生3学期開幕

通学路には人だかりが出来ていた。冬休み中には見られなかった光景だ。

閑静な時の景色も嫌いじゃないが、意外と生徒の波を見る方が好きなのかも知れない。

あるいは、広がる視界に慣れてしまったのか。

終わりが近づく時を予感し、無意識のうちに惜しみ始めているのか。

「どうしたの清隆。立ち止まって」

温かみに包まれる右腕から、こちらを見上げる恋人の恵の顔が見えた。

潤った唇が目に留まる。出がけにお気に入りのリップをつけたのだろう。

「いや、何でもない」

そう呟いて2人で歩き出す。彼女と過ごす日常は、少なくとも退屈からは解放される。

黙っていてもお喋りが好きな恵が、その日その日にあった話題を自動的に提供してくれるからだ。ただし圧倒的に独りで過ごす時間とは無縁になっていく。

その2人で過ごす日々が必要なのか不必要なのかを問われると、半々だと答える。

必要な理由としては、対人による会話を繰り返すことで、少なからずオレにコミュニケーション能力を与えてくれていること。これは未熟なスキルを磨く貴重な機会だ。

一方で未熟だからこそ、相手に対して返答を失敗することも多い。

特に不機嫌な時の恵に対しては不正解を選んでしまうことも多く、その結果更に不機嫌にしてしまうケースは今でも絶えない。これは苦労する部分だ。

一方、個のスキルを磨く時間が削られることはデメリットだ。コミュニケーションと恋愛、そして異性を解剖していくメリットを除けば、その他多くを犠牲にしている。

「何、あたしの顔ジロジロみて」

「嫌だったか？」

「嫌じゃない、けど。……ん、またキスしたくなっちゃうじゃん。たくさん」

冬休みが終わる前日、恵とは朝から晩まで、部屋の中でゆっくりと過ごしたからな。

親しき若い男女が同じ空間にいれば、その行く末は多くを語るまでもないだろう。

自分の方へ右腕を抱き寄せるように恵はより力を込めてきた。

結局、学校の玄関に到着して靴から上履きに履き替える時を除き、終始教室まで2人はくっついたままだった。既に半数近くの生徒は登校したようで、クラスは賑(にぎ)わっている。

「皆(みんな)、おっはよ～」

3学期の幕開け。クラスの友達に向かって恵がそう手を振った。絡めていた自身の腕をゆっくりと離して、またねとオレにウインクをする。そんな厚い愛情を残して去って行った後、教室の中ほどにある自分の席に移動して中身の少ない鞄(かばん)を置く。

タブレット端末が授業に導入されてから必要なものは減ったが、それでも鞄は欠かせない。

「かーっ、見ててこっちが恥ずかしくなるような登校してくるなよ、綾小路」

既に教室に顔を出していた須藤が、気まずそうにそう声をかけてきた。

「腕組んで登校とか陽キャの極みってヤツだろ。くっそ、羨ましいぜ」

当人としては恥ずかしい光景だが、それ自体を羨ましいとは思っているらしい。

「言っておくがオレが希望したわけじゃない」

「いやそうだろうけどよ。つかおまえがアレを希望してたら超引くわ、絶対引くないわー、と繰り返し呟きながらも顔を近づけてくる。

「イチャイチャするのも結構だけどな、冬休み中に1年が補導されたって学校のメール見たか？　おまえなら心配ないだろうけど、一応気をつけろよ？」

「そう言えばそんなメールもあったな」

冬休みの終盤、学校から1年生の2名に罰則が科されるメールが届いた。

匿名となっていたため名前は分からないが、男女2名が屋外で不純異性交遊に値する行為を行っていたところを第三者に目撃されたというもの。

性的刺激を目的とした行為は原則禁止されているため、当然罰則の対象になる。

「部屋の中だけにしときゃいいのによ。そこんところ先輩のおまえはどうなんだよ」

「どうなんだよって、何が」

「……外で色々してえとか思うもん……なのか、とかさ」

恥ずかしがるなら聞かなければいいのにと思いつつ、突っ込むのはやめておく。

「メールの通りとしか言えないな。学校の敷地内は人目と監視カメラで溢れてる。変な行為をすれば見つかるリスクが高い。だから本能に身を任せるような選択はしない」

「お、おう。なんか、綾小路にしか出来そうにない意見だな……ちょっと引くわ」

全然関係ない形で結局須藤には引かれてしまったようだ。

「──ふうっ」

特に意識をしたわけではない、須藤のやや重ためのため息が聞こえた。無意識のため息のようだったが、自ら発した後で気が付いたようで慌てて謝罪してきた。

「今のはおまえのことでじゃないからな。悪い、そう受け取られるため息だったかも」

「気にしてない。でもどうかしたのか？」

人前で大声を挙げる機会はこれまで何度もあったが、ため息が多い生徒じゃなかった。その変化はけして軽視できるものではない。

「最近ちょっと疲れが溜まっててよ。勉強とスポーツの両立が出来てると思ってたのにキツイと感じることが増えてきた。って……なんてな」

ため息の理由を話したことが失敗だったと思ったのか、須藤はそう誤魔化した。

これ以上心配をする言葉をかけるとかえって逆効果になりそうだな。

なので、一言だけアドバイスを伝えておく。

「知識を詰め込むにしても急げばその分零れ落ちやすい。急がば回れだ」

「……だな。つか、今日からまたよろしくな」

頭を切り替え、そう笑って言ってから自分の席へと向かった。

直後、新たに教室へとやってきた佐藤がクラスメイトに挨拶しつつオレの傍を通る。

「朝から熱々だったね、2人とも」

そう小声で呟き、ご馳走様、と付け加えてから女子グループに合流する。

どうやら恵との登校を後ろの方から目撃していたようだ。

1

冬休みが明けても、学生も教師も基本的にやることは何も変わらない。

茶柱先生がクラスにやってくると、新年の挨拶を軽く済ませ教壇に手をついた。

「今日から3学期が始まる。1月は行く、2月は逃げる、3月は去ると言われるようにこの時期はあっという間に駆け抜けていくものだ。日々を惰性で過ごすことのないよう、気を引き締めて過ごすように」

誰も指摘しないが、ちょっと面白いのは茶柱先生の後ろ髪。若干だが寝癖のようなものがついている。今朝は起床時刻が遅く慌てていたのだろうか。

生徒たちを引き締める言葉を告げたものの、やや説得力に欠けることとなった。

朝のホームルーム終了を告げ、教室を後にしようとした茶柱先生だったが、出入口の近くで足を止めた。

「１つ通達事項を忘れていた。来月にはこの学校で初めての『二者面談』を行う予定だ。これまでの学校生活の話も織り交ぜつつ進路、就職に関する話を中心にしていくことになるだろう。当然ながら、既におまえたちの保護者へ聞き取り調査も終えている」

振り返りながらクラスメイトたちにそう声をかけた。

進路を生徒個人だけで決める家庭もあるだろうが、多くは親の意見も参考にする。

学校側は生徒のいないところでもちゃんと動いている証拠だ。

「この学校にもそんなのあったんスね。てっきり無いものだと思ってました」

とにもかくにも誰よりも先に口が出る池の発言だ。誰も驚かない。

「高校が義務教育ではないと言っても、保護者の言葉を完全に無視して進路を決定させるわけにも行かないからな。当然、いずれ時期が来れば三者面談も実施される」

三者面談。あの男が再び出張って来る可能性もあるということだろうか。

いや、もうこの学校で会うことはないと吐き捨てていたが、果たしてどうなるのか。

その問題は気になりつつも、まずは2月の二者面談だ。と言ってもオレの場合は将来も何も、自由意思でどうにもならないと判断しているので関係ないと言えば関係ない。

そういう意味では、茶柱先生が片足程度でもこちらの事情を知っているのは非常にありがたい。深い話し合いなど必要ないため、形式だけのものになるだろう。

反面クラスメイトたちにとって二者、三者面談は大きな岐路になることは間違いない。

真っすぐ己の進路を見据え突き進むのか、迂回して他の道を探すのか。

自分だけでは見えてこない部分に、親と教師が手掛かりを与えてくれるはず。

「気になることがあれば、私に直接聞きに来るといい」

これで伝えるべきことを伝え終えたと、茶柱先生は扉に手をかけた。

そして後ろ手で閉じた扉が閉まっていく瞬間もう片方の手で後頭部を触る仕草を見せる。

どうやら寝癖には自分でも気が付いていたらしい。

2

茶柱先生が教室を出た後、クラスは一気に二者面談、そして将来のことについての話題でもちきりになった。

「そろそろどうするか考えておかないとだよね」

「Aクラスで卒業できるパターンと、そうじゃないパターンをまずは考えないといけないわけでしょ？　ねえ平田くんはどうするつもりなの？」

クラスの中心に鎮座する洋介の周りに集まった女子たちがそう話題を振る。

「僕はAクラスの特権関係なく大学進学を視野に入れているよ。両親もそれを望んでいるのは早いうちから聞いているからね」

聞き耳を立てるつもりはないが、聞こえてくるのだから不可抗力。

洋介は現段階で就職の意思は芽生えていないようで進学前提の考えを持っている。

勉強に取り組む姿勢や実際の学力を考慮すれば、自然な流れ。

Ａクラスの特権があろうとなかろうと、取り組む力を持っていなければ権利を活かしきれないからな。

ただ、これは全てのことに言える話だ。

「そうなんだ。私はてっきりサッカー選手にでもなるのかと思ってたー」

「はは、それはちょっと。仮にＡクラスの特権を使って無理やりプロになっても、実力が見合ってなければすぐに解雇されるのは目に見えてるからね。大学に行ってもサッカーは続けるつもりだけど、あくまでも趣味かな」

スポーツ関連への就職は、やはりその後のハードルが極めて高いと言える。

権利を行使してでも行くべき者がいるとすれば、実力があっても何らかの理由で発掘されておらず埋もれている場合や別に問題を抱えて正規ルートを辿れない場合などだ。

ではこのＡクラス卒業の恩恵を上手く活用するにはどうするのが正しいのか。

クラス内でも秀才としての立場を確立している啓誠が口を開いた。

「Ａクラスの特権って話なら、断然大手企業に就職するべきだ。露骨に能力が追い付いていない場合は例外としても、人並みに働けるなら滅多なことじゃ解雇されない。入った者勝ちの世界に飛び込ませてもらうのが一番賢い使い方じゃないのか」

そんな啓誠の理に適った発言に、感心したようにクラスメイトたちが頷く。

会社は人を雇う以上、大きな責任が生まれる。

大きな失態をしない限り、単に気に入らないといった理由で解雇することは不当だ。

新設されたばかりの学校でもない高育の存在は政府公認ということもあって広く知られていることだろう。これまでに何人もAクラスで卒業した生徒は受け入れられている。

そういう意味でも大手企業を選べば安心して、長く職務を全うすることが出来る。

「効率だけを考えると幸村くんの選択は正しいかも知れないね。でも、僕はなりたい職業を目指すことも大切にした方がいいんじゃないかとは思うかな」

それもまた正しい答えの1つだ。1度きりの人生、お金や安定した職のためだけに人生を送ることを、まだ決断しなくてもいい。

理想を追う就職先か現実を追う就職先か。

この場にいる生徒たちは遅かれ早かれ、その分岐点に立つことになる。

正直、どんな選択にも正解はあるし不正解はあるのだろう。

オレの卒業後に待つ未来は今のところ1つだけだが、それも正解だったのか不正解だったのかを知るのは遥か先のこと。

正しい人生だったと思えるのか否か。

生涯を振り返る時、どう結論付けているのかで本当の答えが出る。

3

さて冬休み明け一発目の昼食時間がやってきた。既に恵は、佐藤たち女子グループを結成して食堂に向かうようだ。恋人ばかりに目を向けず友人を大切に。とても重要なことだ。

廊下に出てそんな恵の後ろ姿をそれとなく見守ってみると、綺麗に横一列だった。

「女子はなんでいつも、４人も５人も関係なく横並びになるんだろうな」

「そんなこと私に聞かれても困るわ。横並びはただの迷惑行為よ」

背後に立つ堀北に質問を投げかけてみたが、その理由は知らないらしい。

「それより、あなた背中に目でも付いてるの？　どうやって気付いたのか不思議だわ」

「不思議は不思議のままにしておいた方がいいんじゃないか？」

「教える気はないってことね」

「なら、女子がどうして横並びになるのかの理由を教えてくれたら考えてやってもいい」

「それは堀北さんには答えられない質問で酷だよ。列を作るほど友達いないんだし」

堀北に続いて櫛田が姿を見せる。

「カーストがあるからね。廊下を塞いで邪魔になったとしても、グループを健全に維持していくためには必要なこともあるんだよ」

「なるほど。前を歩く人間に従うような形を自然と避けてるわけか」

「多分ね。皆口にしてるわけじゃないけど、何となく察してのことなんだと思う」

だとすれば女性に多い集団心理からくるメカニズムとも言えるかも知れないな。

「実に下らない理由ね。周りのことを考えて歩くべきだわ」

「はいはい、友達のいない人はそう言えていいよね」

「あなた私に喧嘩を売っているの？」

「売ってないとでも思ってたの？　笑えるぅ」

両者が睨み合い火花を散らし合う。

「バチバチやりあおうとしないでくれ。オレに何か用でもあるのか？」

「用件ならあるわ。綾小路くん、良かったら今日のお昼ごはん私にご馳走させてくれないかしら？」

堀北がオレに食事を奢る？　記憶を辿っても良いイメージはほとんどない。

「おまえがそんなことを言い出す時は大体ろくなことがない。これは経験則に基づく」

「失礼な話ね。お金も取らないし変な相談もなし。そう言えば安心できる？」

「まあ…………そうだな」

全然安心できないと言えば怒られそうなので、ここは大人しく頷いておく。

「物凄く長考してたね」

「そういうところは気に入らないけれど、まあいいわ。櫛田さんも準備はいい？」

「うん、大丈夫だよ」

しれっと戦闘モードから天使モードに切り替わる。

「なるほど、櫛田も誘ってるのか。それはまた随分と珍しいな」

もしかして堀北は櫛田と2人で昼食を取るのが嫌でオレを誘ったのか？　一瞬そう思っ

たものの、嫌な相手と食事するくらいならそんな場をセッティングする必要はない。

　この２人が組んでまで誘ってきたのには絶対裏がある。一体何を考えているんだか。

　今日は恵もいないことだし、付き合う分に支障はないが。

「それで？　食堂に行くのか？」

「いいえ、適当に……そうね。あまり人気のない落ち着いた場所がいいでしょうね」

　そう答えた堀北と、オレの隣を歩く櫛田は手ぶらだ。

　だとすると道中でコンビニや売店に寄って弁当を調達する流れ？

　よく分からないが答えはすぐに出るだろう、と席を立ち廊下に出て３人で歩き出す。もちろん３人が横並びになることはなく堀北を先頭にやや遅れてオレと櫛田が並んでいる。

「ねえ堀北さん。再確認させて欲しいんだけど、本当に食べるつもり？」

「そういう話だったでしょう。食べるわよ」

「はあ……。だったら先にコンビニに寄らせてくれない？　胃薬買っておくから」

「やめておきなさい。不安になる気持ちは分かるけれど、それは余計な買い物よ」

　なるほど、やっぱり途中のコンビニで胃薬を買うんだな。胃薬は必要だからな。

「ちょっと待て。胃薬って何だ。一体何を食べる気なんだ」

　ランチには完全に不要な物を調達したがるのは、明らかにおかしい。

　オレが強い口調で堀北に聞くと、振り返ることもなくさらっと答える。

「伊吹さんの手作り弁当よ」

「……伊吹の、手作り？」

オレは一瞬思考が固まりつつ、冷静な対処を強いられる。

「彼女が今日、私と櫛田さんと綾小路くんのためにお弁当を1つ作っている。だからそれを3等分、綺麗に分け合って食べましょうという話よ。言ってなかった？」

「絶対に言う気がなかっただろ……」

そんな説明を最初に受けていたら脱兎の如く逃げだしている。

大前提として、絶対オレのためには作っていないはずだ。寝耳に水にも程がある。

「オレの記憶が確かなら、伊吹は料理が得意じゃなかったはずだが？」

あえて下手とは言わずその言い回しで恐怖心を抑えながら聞いてみる。

「彼女はこれまで全く自炊をしてこなかったタイプね。だから普段から栄養の偏ったものばかり。あなたのその曖昧な記憶にも新しいところでしょう？」

この間まで冬休みだったが、年明け直後に堀北櫛田伊吹の3人に出くわした。

そしてそこで偶然にも今の話を耳にしたのは、確かに記憶している。

「栄養の偏りは健康にも悪影響だから、ここ最近は何度か私の部屋に彼女を招いて作った食事を取らせていたの。食費が浮くから不服そうにしながらも欠かさずに来てくれたわ」

「嫌々言いながらもちゃんと来るところウザ可愛くないよね」

そこ、普通はウザ可愛いと表現するのではないだろうか。

「堀北たちを嫌ってる割に随分と事情に詳しそうだな」

「その度に私もお邪魔してるから。乱闘でも起きないかなって期待してさ」

櫛田らしい、実に嫌な期待をしている。

「そのお陰で自分の分も含めて3人前も作らなければならないのには困ったものだわ」

不満を言いつつも、そんなに堀北が気にしている様子はなかった。

もはや慣れたものということだろうか。

「だがその流れでどうして伊吹の手作り弁当を食べることになる」

「売り言葉に買い言葉だよ。堀北さんが料理くらい覚えなさいってマウントを取ったら、私だってやってやろうと思えば料理くらい簡単にできるって大言壮語。だったら作ってみなさいよ。作ってやるから覚悟して待ってろ。出来なかったら死になさい。上手く出来たら逆に殺すから。で今日に至るってこと」

実に分かりやすく想像しやすい流れだと関心した。

だが最後の2つのやり取りはほぼ嘘だろう。嘘であってほしいと願うばかりだ。

「よし状況は全て理解できた。じゃあオレは食堂の方に行くからまた今度な」

分かれ道で、上手く逃げ出そうと足を別方向に向けたが櫛田にすかさず腕を掴まれる。

「良かったね。生物学上は女子に分類される子の手作り料理を食べられるんだから」

「騙したな」

オレは前を悠然と歩く堀北に恨み節をぶつける。

「騙したなんて人聞きが悪いわね。ただ伊吹さんの料理を1人でも多くの人と分かち合いたいと思っての行動よ。かと言って彼女と親しくない人を巻き込むのは変でしょう？　それに美味しくないと決めつけるのは早計よ」

会話の流れからとても楽しみにしているような印象は受けられない。

逃げられない状況なのは分かったので、諦めてついていくしかなさそうだ。

「しかし——櫛田は巻き込まれず逃げることも出来たんじゃないのか？」

堀北の手料理を食べに部屋に押しかけるのは分かるが、いくら堀北対伊吹が見たいといっても背負うリスクが大きい。どんな悲劇が待っているかもわからないのだから。

「まあそうなんだけどね。私にも色々あるんだよ」

「あなたも負けず嫌いだものね櫛田さん。伊吹さんから、逃げるのか臆病者、そう安い挑発を受けたから無理して来たんでしょう？」

「……私はただ伊吹が失敗して謝罪する様子を見たかっただけ」

呼び捨てが出たことからも図星のようだが、失敗したとしても伊吹は謝る性格だろうか。

まあ厄介な性格だからこそ低い確率でも謝罪を見られるならと考えたのかも知れない。

「まだ着いていないようね。一応約束の時間ギリギリなのだけれど……」

どうやら待ち合わせの場所らしく、屋外へ通じる渡り廊下の前で立ち止まった。

人気のない場所がいいと誤魔化していたが、やはり最初から巻き込む計画だったか。

「なあ、クラスは近いんだしここで待ち合わせる必要はなかったんじゃないか？」

「確かに無意味な待ち合わせよね。でも私はちゃんと伊吹さんも誘ったのよ？　あの子が一緒に歩く気はないって拒絶しただけ」

それだけ堀北を（多分櫛田も）嫌っているなら、こんな勝負断れば良かったのに。

負けず嫌いが過ぎるのも、大いに問題がある良い例だ。

「どうせ失敗して不味い弁当作って来るのは見えてるよね」

「結果ありきで決めつけたくはないけれど、まず間違いなく失敗してるでしょうね」

「だろうな……。今からオレは失敗した料理を食べさせられるのか」

「あんたら勝手に失敗失敗うるさいのよ！」

重い空気が漂いそうなところに、伊吹が吠えながら合流してきた。

手には爆弾……いやお弁当を持っている。持っていた。持っていて欲しくなかった。

忘れたから無効試合よ！とか啖呵を切って欲しかった。支持したのに。

「つかなんで綾小路がいるわけ。呼んでないでしょ」

「いいじゃない。審査員は1人でも多い方が料理レベルの真実味が増すわ。揃ったことだし場所を変えるわよ。あなたも仲良くしてると思われたくないでしょ？」

「当たり前！」

ということで渡り廊下から外に出る。まだ1月上旬なので寒さは中々のものだが、だからこそ人気はなく食事スポットの1か所でもあるその場所には誰もいなかった。

伊吹はシンプルな無地の風呂敷（均一ショップで見たことあり）に包んだ弁当箱と思われるものを振り上げ、ベンチに叩きつけるように置いた。

「失敗を連呼したこと後悔させてやるから、さっさと食べて」

「自信ありげ、だね。もしかして奇跡が起きて上手に出来ちゃった？」

確かに自信に満ちている。自信がないよりは圧倒的にマシだが期待していいのか？

「彼女は明らかに自信過剰なタイプだから、態度は全く当てにならないわよ」

その辺を熟知している堀北は、伊吹から視線を外して弁当箱を見下ろす。

同時にオレと櫛田の淡い期待は露と消える。

「ふんっ。勝算がなきゃここに来ないっての」

「あなたの自信は十分伝わったわ。でも、それなら尚のこと食べ物を乱暴に扱わないことね。仮に料理が上手くできていても料理人としては失格よ」

「うっさい。いいからさっさと食え。そして私に謝罪しろ堀北！　とついでに綾小路！」

「私と櫛田さんをまとめて呼ばないで。どんな略し方よそれは」

ついで呼ばわりされたが、それは特に気にならない。

ただ何というか……。

「3人とも本当に仲良くなったな」

どう見ても惨状なのに、そう思えてしまう矛盾がこの場に発生している。

「仲良くなんてなってないよ、どういう勘違いしたらそうなるのかな綾小路くん」

「そうよ。変な解釈はしないで」

「今度言ったらぶっ飛ばす！」

明らかに１人テンションが違うが、とにかくやっぱり仲が良さそうで、どう考えてもオレは場違いだ。

「オレは帰ろうか？」

邪魔をするのは悪いと思った心からの言葉だったが――。

「帰るな！」

「逃げないことね」

「それは卑怯だよ綾小路くん」

三者がまたも同じ方向性で声を大にして言う。

よく分からないが、逃げるに逃げられないようなので着座することに。

まあいいか。話を聞いていれば多少の興味はある。

どう考えても初心者に毛すら生えていない伊吹の手料理。

それでも堀北と櫛田に参ったと言わせるために試行錯誤して工夫した……かも。

多少の期待感を抱きつつも、まずは料理に重要な要素となる見た目からだ。

風呂敷から出てきたのはこれまた無地のお弁当箱（これも均一ショップで見た）。

「じゃあ開けるわよ」

ふんぞり返って腕を組む伊吹に、不安や心配を感じさせる様子はない。

ゆっくりと開かれた弁当の蓋。

そこから出てきたのは――。

まず目に飛び込んできたのは米だ。白米ではなくチャーハン。

何種か野菜や肉などが使われているのか色とりどりだ。

ただチャーハンの具としてはやけに大きい。まあそれはそれとして、それ以外にミニトマトに卵焼き、グラタンと煮物、あと揚げ物とミニハンバーグもか。個々は少ないが7種類が豊富に並んでいる。決め手は4枚も入っているバランだ。

一応お弁当としての体裁は保てていると言っていいだろう。

「これ全部手作りなのか？」

「当然」

迷わず即答した事からも、本当のようだがいきなり煮物が入ってるとは。

「見た目はオマケして30点くらい、かしらね」

「料理は見た目じゃなくて味よ味」

「一応褒めているのよ。0点に近いものが出てくると思っていたから」

30点でも十分すぎるほどだと、見事に上から言い放たれる。

堀北(ほりきた)はこの時のために自前で何本か割り箸を用意していたようで、自分の分と櫛田(くしだ)の分、そしてオレにも手渡して来た。

「実食といきましょうか」

「こんなに気の乗らない実食初めて～。素敵な想い出(おもいで)～」

棒読みで割り箸を割るも先陣を切る気はないようで、堀北が食すのを待つ櫛田。

堀北はチャーハンを箸で軽くひとつまみすると、それを口に運ぶ。

それからグラタンのマカロニを1つ掴んでそれも口元に運んだ。

無言でそれを食べ終えたところで櫛田が声をかける。

「どうなの」

「それはまだよ。私の感想が影響を与えるのは避けたいもの。次はあなたの番」

「ちっ」

いや……何とも露骨な舌打ちだな。

櫛田に幻想を抱き続けている生徒が万が一目撃すれば、卒倒するような光景だろう。多分傍で聞いていたとしても、偶然鳴ってしまっただけで意図的なものとは思わないはず。

「ミニトマトだけでいい？」

「真面目にやりなさい」

「チッ。細かいことにうっさいな」

また櫛田の強烈な舌打ちだ。しかも心なしか1つ前よりも強めの。

仕方なくといった態度で、煮物とミニハンバーグをチョイスして口に運んだ。

「あぁ……なるほどね。はいじゃあ綾小路くん」

悟った顔をした櫛田から雑なバトンが渡って来た。さてどうしたものか。

弁当の品数はミニトマトも含めて7種。そのうち4種を2人が食べたので、まあ残ったミニトマト以外の2種を食べるのがベターだろうな。

つまり卵焼きと揚げ物だ。生か死か、あるいは死と死か。

「じゃあ、卵焼きから貰おうか」

弁当としては王道。極めるには相当な実力がいるが、無難に作るのは簡単だ。

口の中に放り込み、まずは本能から卵の殻の混入を警戒する。

だがじゃりじゃりすることもなく喉元を無理なく通っていく。そのままの勢いで揚げ物へ。箸で取ってみて初めて分かったが、一口サイズに丸められたコロッケのようだった。

「…………」

それをちょっとだけ警戒しながらも舌の上に運ぶ。歯で噛むと衣の中から中身が顔を出す。食べたらコロッケだとすぐに分かるし、そういった味もするはする。

だがそれよりも強く主張してきたのはベチャッとした食感。食材の水分が抜けておらず、揚がりが甘い。そして舌触りも悪く後味が悪い。

オレはそれらを食べ終えてから静かに箸を置いて目を一度閉じた。

……うん、なるほど。

咀嚼して飲み込んで自然と答えが湧いて出てくる。

「3人食べ終わったところで私から素直な感想を言うわ。美味しくないわね」

「はあっ!?」

「食べられなくはないし、見た目も最悪の0点なわけじゃない。頑張って初心者が作ったであろうことは見て取れるけれど何より塩分も強めで味付けが適当なのがよく分かるわ」

確かに食べられないような出来じゃない。

堀北が評したように濃い味付けなのは目分量でやったからだろう。

「ニンジンの皮は確かに剥かずに食べられるけれど、口当たりも悪いし大きさも疎ら。本気で取り組もうとしたけれど面倒に感じている部分を隠しきれていないわよ」

弁当1つを見て食べただけだが、伊吹がどんな思考回路で弁当作りをしたか、ズバズバと言い当てていく。そしてほぼ全て正解なのは伊吹の苦々しい表情を見れば一目瞭然だ。

「私これ以上食べたくない。一食を無駄にするってこういうことよね」

吐き捨てるような櫛田の態度にも、伊吹は苛立ち肩を震わせる。

「これでよく堀北に料理で負けないなんて豪語できたものだよね。どうせなら料理の上手な人にお金でも渡して代わりに作ってもらうくらいすれば良かったのに」

散々な言われようは多少可哀想ではあるが、それだけのクオリティなので仕方ない。

「あんたら公平にジャッジなんてしてないでしょ！」

「そう言うならあなたが食べなさい。どうせ味見なんてろくにしていないんでしょう？」

「味見ぃ？　してないけど……見た目普通だし食べられるでしょ」

「食べられないとは言ってないわ。ただ美味しくないと言っているだけ。いいから食べてみなさい」

自ら作った弁当を押し付けられ、伊吹は苛立ちながらも受け取り箸を手にした。

「……う、美味しくな――美味しい……ッ！　神!?」

「無理やり嘘つかない」

べしっと堀北に頭を叩かれて伊吹が吠える。

「なんでこんな美味しくないわけ！　なんか普通に残念な味する！　てかしょっぱ！」

「全部私が説明したでしょう。何もかも目分量でやるからいけないのよ」

「そんなこと言われても大さじ1とか小さじ2とか、面倒だし何となくでも変わらないって思っただけだし！」

それが大問題なんだ。弁当に詰められたおかずはとにかく差が顕著で、調味料が全然足らずに薄味か、入れすぎて辛いかの2つに振り切れている。

「今回のあなたの料理、点数にすれば20点ね」

「……20点満点のうち？」

「100点のうち」

「はああっ？　審判買収されてんじゃないの!?」

「これでも優しくしてあげたのよ。食べたくないもの、このお弁当」

「ホントそうだよね。私だったら2点かな」

辛辣な審判団の評価に伊吹は地団太を踏んで激しく抗議する。

「あなたも似たような感想でしょう？　綾小路くん」

「いや、オレはこの弁当に対して食べられなくはないと判断した、点数はもっと高い」

「ほら！　ほらほら！」

初めて援軍が現れたことが余程嬉しかったのか、僅かにだが伊吹は飛び上がる。

「あなた正気？　出来の悪い微妙なお弁当よこれは」

「忖度無しに同意」

堀櫛が間髪を容れずそう足並みを揃えたが、そこにオレは一石を投じたい。

様々な観点から、このお弁当について意見を述べるべきだ。

「だが食べられないわけじゃない。おまえもその点は認めていたよな？」

「それは……ええ、まあ。でも食べたくはないわよ」

「飽食である今、この日常生活の中でなら食べたいとは全く思わないが、もしも無人島に放りこまれたら？　そこに食べるものがコレしかなかったら喜んで食べるだろ？　ということでオレの採点結果だが……」

「点数は結構よ。分かりやすいようで分かりにくい例えをありがとう。とりあえず、あなたが褒めていないことだけはよく分かったわ」

「……そうか」

喉元まで出かかっていた採点結果の発表を止められ、やや消化不良で気持ち悪い思いだ。

あるいはオレの胃の中に放り込まれた料理が消化不良を起こし始めたのかも知れない。

「平均して11点。残念だったわね伊吹さん」

結局オレの評価を入れてないのなら、やはり呼ばなくても良かったんじゃ……。

過ぎたことだが、どうにもやりきれない残念な気持ちだけが残る。

「うぐ……」

元々料理なんて出来ないのに、背伸びした結果なので伊吹も受け入れるしかない。

「また後日作り直すと言うなら、時間を取ってあげないこともないけれど？」

「もう二度と作らないっての！」

ずっと批判され続け、一度の料理で心が折れたのか伊吹はそう言って不満を叫んだ。

「諦めが早いのは悪いことじゃないわ。今のあなたに料理は向いていないから」

また批判されるも、伊吹はもう割り切ったのか、鼻を鳴らし腕を組んだ。

「むしろ私は料理なんてする方がバカだってことに気付いたわけ。あんたら無駄なことしてんのよ」

「何それ、どゆこと？」

「別に料理なんてしなくても、コンビニやスーパーで弁当買えばいいだけでしょ。作る時間も節約できるし余った食材の処理もいらない。しかも美味しいんだし。でしょうが！」

まあ――出来合いのお弁当は確かにそういう役割ではあるが……。

「それはダメよ。ちゃんと栄養を考えて食事しなさい。何度も説明していることをいつまで繰り返させるつもり？　だから成長しないのよ」

「あはははは、そうだよね。心もそうだけど、身体だって全然成長してなさそうだし」

「おい櫛田！　あんたどこ見て言ってんのよ！」

「どこだと思うの？」

「今すぐ蹴り飛ばす！　蹴り飛ばして土下座させてやる！」

「はいはい、すぐに噛みつかないの。カリカリするところも栄養が足りてない証拠よ。今日も19時、部屋に来なさい」

「そこまで言うなら行ってやるわよ！」

行くのか……。断ると思ったが、伊吹は苛立った様子のままではあったが受け入れた。

食費が浮きつつ栄養価のある美味しい食事が取れる。

堀北の小言を聞かされるデメリットはあるが、捨てるには惜しい環境だろうからな。

「じゃあね！」

吐き捨てるように言葉を残し、伊吹はズンズンと早歩きで立ち去った。

マンションだったら階下の人間に怒られるほどの勢いだ。

「自分で持ってきた弁当箱も片付けずに、全く」

母親が娘の不出来さに不満を漏らすような態度を見せつつ、散らかったままのランチセットを片付ける堀北。持ち帰って洗うのだろう。

隣に座っていた櫛田はそれらから視線を逸らしつつ立ち上がった。

「じゃあ私も19時にお邪魔するね」

「……あなたは招待していないのだけれど？」

「いいじゃない。私としてもプライベートポイントは少しでも多く残しておきたいし。堀北さんから捻出されたお金で食べるご飯は悪くないしね。美味しく食べてあげる」

他人とは全く違うところに美味しさを見出しているようだ。

「あなたも十分プライベートポイントを貯めているんじゃないの？」

「全然足らないよ。本当はどこかの誰かさんから毎月お金を貰えるはずだったのが、思いがけず予定が変わっちゃったからね」

一応柔らかく微笑みながらも、冷たい目がオレに向けられる。

そしてすぐにいつもの天使の姿を見せると、食堂の方へと姿を消していった。

「さて——これでお開きね。あなたもお疲れ様」

「ああ、お疲れさ——いや、ちょっと待て」

オレはサラッと弁当箱を持って切り上げようとする堀北を力強く呼び止めた。

「なにか？」

「美味しくない弁当を味見しただけで、昼飯をご馳走された記憶がないんだが？」

「遠慮せずに美味しくないお弁当を全部食べたらよかったんじゃない？」

まだ中身は沢山残っているわよ、と弁当箱を差し出されたが迷わず強めに突き返す。

「冗談よ。これから食堂に行きましょう。好きなものを奢らせてもらうわ」

一応良心の呵責が堀北にもあったようでそう答えた。

「それにしても伊吹に櫛田。2人にご飯を食べさせるのも安くはないだろ」

「お陰で食費は倍近くかかってるわ。櫛田さんなんて招待してないのに来るもの」

「櫛田にとっても堀北と伊吹の存在は良いガス抜きになってるんじゃないか？」

本当に嫌だと思ってるなら、タダ飯だろうと一緒の時間を過ごそうとはしないはずだ。

「どうかしらね。彼女は私のダメージになることが何より好きみたいだし。伊吹さんも含めて私の苦労や、悔しい顔が見たくて仕方がないって感じじゃないかしら」

なるほど。それもまた真理かも知れない。

同じ時間を過ごせば、堀北の弱い一面を見るチャンスを得るってことだしな。

「ちょっと想像は出来ないが、３人が集まったら楽しい瞬間もあるんだよな？」

「そんなものないわよ。普通に想像するような女子の集まりじゃないから。笑いの１つだって起きないし、むしろずっとピリピリしているわね。さっきのやり取り見てた？」

振り返れば、確かにさっきの集まりはお世辞にも楽しい場ではなかった。

唯一、櫛田が日頃の癖なのか笑顔や微笑みを見せる場面もあるが、それでもその他大勢と過ごしている時に比べれば半分以下の頻度だ。

しかし不思議と重苦しい空気のようなものはなく、むしろ妙にしっくり来たけどな。

「さあ行きましょう。いつまでもあの２人のことを話していたら時間が勿体(もったい)ないわ」

「そうしようか」

歩き出したオレたち。オレは、今回のミニイベントを経て考える。

舌と胃の負担は別として、今日の集まりは有意義なものだったと。

堀北櫛田、そしてクラスの異なる伊吹。

３人の歪(いびつ)ながらも新しく形成された関係は意外と頑丈で侮れないということ。

友情と表現すれば間違いなく全員が口を揃えて否定することだろうが、その一連の予想もやはり友情が生まれているからこそのものだと解釈できる。

だが……。

「何？」

隣を歩くオレが堀北を見ていたのが気に入らなかったのか、強気に目を細めた。

「どんな高い飯を奢ってもらおうか考えてただけだ」

「そういうことなら金額にこだわらず、食べたい物を食べるべきよ」

「一番高いものを食べたい気持ちなんだよ」

「全く……好きにしなさい」

だがその後、何故か強制的に食べる定食を決められるという暴挙に出られた――。

4

夕方遊びに来ていた恵が帰り、明日の準備をしていた午後9時過ぎ。

つけっぱなしになっていたテレビはバラエティー番組を放送していたようで、オレは手を止めてテレビに視線を送る。

見た目40代くらいの男性が、司会をして芸人たちに突っ込んだりして笑いを取っている。場面が切り替わり、ロケだろうか、街を散策するものに変わる。

しばらく眺めているとワイプから司会者がスタジオと同じように突っ込みや感想を述べつつ、延々と似たようなことを繰り返していた。

5枚の絵画が表示され、どれが本物かを見抜けるかで驚きと笑いを起こしている。

「4番目」

答えを淡々と呟いた後、オレは解答を待つことなくリモコンをテレビに向け電源ボタンを押してオフにする。一瞬にして騒がしかった室内は静まり返った。

恵はテレビが好きで2人きりの時は、とりあえずつけていることが多い。

オレ自身テレビに対して拒絶反応は一切ないものの、ある程度のジャンルを学習のために活かせるか試してきた結果、バラエティー番組はそれほど好きじゃないということを知った。引き出しの前に行き、2段目に入っているスケッチブックと、その上に置いてある色鉛筆のセットを取り出した。

学校に入学してそれほど時間が経たない時期にプライベートポイントで買ったものだったのだが、一度も手を付けていなかった。以前、引き出しの中のスケッチブックを見つけた恵が中を見たが、真っ白だったために不思議そうな表情をしていたのを覚えている。

机にスケッチブックを広げ、色鉛筆の入った銀のケースを開く。

新品の色鉛筆に手を伸ばし——

そして手を止める。

何を描くのか。何も考えていないと、やはりここで手が止まってしまうんだな。

勢いに任せ何かを生み出せると思ったが、上手(うま)くはいかないものだ。

ホワイトルームにおいて、素養を高めるために多くの技術を習得した。

その中には模写も含まれていて、けして苦手ではなかった。

ただ、自分で考えて創作する過程は学習の中に含まれていなかった。

真っ白なスケッチブック。

しばらくの間それを見つめた後、オレは銀のケースを閉じた。

「もう一日も終わりか」

スケッチブックと色鉛筆を2段目の引き出しに戻しながら、そんなことを呟(つぶや)く。

茶柱(ちゃばしら)先生の言うように、この3学期は瞬く間に過ぎていくのかも知れないな。

○生存と脱落の特別試験

冬休みを終えて、学校生活は新たなスタートを切った。

年明けまで2週間ほど顔を見なかったクラスメイトたちとの挨拶では多少戸惑うところもあったが、それ以外には変わったこともなく日々が経過していた。

いつ次の特別試験が実施されるのか。

クラスメイトの誰もがそれを頭の片隅には置いていただろうが、上級生からヒントめいた言葉を伝えられている堀北(ほりきた)はそれ以上だっただろう。

学校の新しい一日がスタートすることを象徴する担任の茶柱先生が姿を見せた。

表情はいつも通り硬めで、浮ついた様子のない真面目な横顔を見せつつ教壇へ向かう。

しかし面白いもので、いつも通りなのにどこかが違うことを一部の生徒たちは肌で自然と感じ取ったようだ。

教室後方から全てを観察するオレも、同じ考えに至っている。

週の半ばも過ぎた木曜日、ついに前哨戦(ぜんしょうせん)のスタートを切る様相だ。

「おはよう。今日は3学期最初となる特別試験の実施について話そうと思う」

担任が2年間クラスメイトを見ているように、生徒もまた担任をよく観察している。

「驚いた者は少なそうだな。流石(さすが)にタイミングも分かるようになってきたか」

それなら話は早いと、茶柱先生は一度姿勢を整えてから生徒たちに目を配る。

「早速だが説明に入りたい。この特別試験はルールが少し複雑だからな」

茶柱先生がモニターの電源を入れて、ソフトを立ち上げる。

「まず今回の特別試験は2年生全体のみで行うものになる」

1年生や3年生が絡む他学年を巻き込んだものではないことが最初に開示された。

「これまでの横並びで1位を競うものや、特定のクラスとの1対1で勝敗を決める特別試験とは異なるルールになる。分かりやすく図も交えて説明していく。早速モニターを見てもらうとしよう」

学校側が作成したデータが素早く読み込まれ、ファイルが開かれる。


『生存と脱落の特別試験』


最初に出てきた文字は、次の特別試験の名前だと考えられた。

単なる試験名にもかかわらず、生徒には僅かながらも緊張が走った。

「生存と脱落？　なんか物凄く物騒だな……」

恒例の池による露骨な呟き。しかしその感想を抱く気持ちはよく分かる。

脱落の文字を見れば、嫌でも連想するものがあるからだ。

生徒たちは具体的にその言葉を口にしなかったが、全員『退学』と結び付けている。

茶柱先生は特別試験の名前に関しては補足せず試験内容の説明を始めた。

「この特別試験、まず始めに学校側がジャンル別の課題を多岐にわたり用意していることが土台にある。各クラスはジャンルを選択し、難易度を選び、特定の決められた順番で対象クラスに課題を出していくことになる」

例として四角形の図が展開された。

①Aクラス→②Bクラス
↑　　　　　↓
④Dクラス←③Cクラス

「このクラスの並びはあくまでも一例だが、時計回りに、まずはAクラスがBクラスに選んだ課題を出して解かせる。攻撃側というわけだ。一方でBクラスは防御側だ。Aクラスから出された攻撃、つまり課題を解き、それに正解するとBクラスに得点が入る。その攻防が終われば今度はBクラスがCクラスに対して課題を出す攻撃側だ。このように攻撃と防御を、クラスを移行しつつ繰り返していき、1周の終点となるDクラスとAクラスの攻防戦――。ここまでの流れを1ターンとする」

最初のこの説明から分かることは攻撃側の時に自クラスの得点は増えず、防御側の時にどれだけ課題に正解できたかで得点を増やしていくものだということだ。

「合計で10ターンが終わったところで前半戦は終了だ。後半戦は反時計回りに矢印を入れ替えて、もう10ターン。前後半合わせて20ターンの攻防戦を繰り返す」

ご丁寧に反時計回りの図も表示される。

①Aクラス↑④Bクラス
←　→
②Dクラス↓③Cクラス

どのようにクラスの配置を決めるのかはまだ分からないが、対角線上に位置するクラスとの攻防は行われないため、この点を見過ごすことは出来ないだろう。

クラスメイトにとって一番の脅威となるクラス相手に、攻防戦を繰り広げるのは精神的にも余計な負荷になる。

「次に攻撃手段となる課題について詳しく説明していく。学校側が用意するジャンルは最初に述べたように多岐にわたる。文学、経済、英語、計算、漢字、歴史などの学力を基本としたものから、サブカルチャー、芸能といった学業とは離れたジャンルも用意している」

「学生に芸能とか必要っすかね……。俺苦手なんだけどよ……」

露骨に聞き慣れないワードが出てきたことに対し、須藤（すどう）が嫌悪感を示す。

「確かに学生の本分ではない部分もあるだろう。だが社会に出た時に世間を知らない人間は得てして淘汰の対象にもなる。真逆の言い方をすれば、勉強が出来なくても、相手の会話に合わせられる者が重宝されるケースは往々にしてあるということだ。つまり今回、人として獲得している総合知識を問われることになるだろう」

今の説明で理解した者もいれば理解が及び切っていない者もいる。そんな空気だ。

それを感じ取った茶柱先生がこう付け加える。

「分かりづらい者がいるようなので噛み砕いた言い方をしよう。要はクイズと似たような側面を持っていると言っていい。攻撃側のクラスがクイズを出題し、防御側のクラスがそれを解く。そういうものだ」

その表現は非常に分かりやすく、大勢の生徒が同時に理解を示し始めた。

と同時に怪訝な顔を見せる者たちも少なくはなかった。

クイズで勝負、確かにそのイメージだけを先行させれば無理もないことだ。

しかし成功する人間、大成する人間は必ずしも学業だけに秀でているわけではない。最終学歴がどこであっても、それ以外で特筆すべきものを持つ者は多いだろう。

そういう意味では、確かに芸能などの知識が全く不要とは言い切れない。

もし芸能関係の道に進むとして、全く知らない状態と知識が豊富にある状態では、スタートもその後の道のりにも大きな差が生まれる。

上司や部下との円滑なコミュニケーションを図る時、学業以外の知識も問われる。そこでいかんなく力を発揮できれば、多くのケースでプラスになることは考えるまでもない。

攻撃側
ジャンルを選択し難易度を選ぶ。課題を与える生徒を指名し攻撃する

攻撃制限
生徒の連続指名回数に制限はなし。同一ジャンルを連続して選択することも可能
開始後3分以内に対象防御側クラスに在籍する5名を指名し担当官に宣言する
※時間制限に間に合わない場合は指名出来なかった人数分ランダムに決定される

出題可能ジャンル一覧
文学　歴史　科学　社会　スポーツ　芸能　音楽　経済　雑学　英語　計算　ニュース
漢字　生活　グルメ　サブカルチャー

難易度
1～3の3段階（数値が増えるほど高難度となる）

対象人数

5名

学校側が多岐にわたると言っただけのことはある。

ジャンルの選択だけでも16に分かれていた。

「攻撃側のクラスはこの中から最初にジャンルを選択し――――」

「難易度なんて難しいものばっかり相手に出すに決まってないっスか？」

茶柱先生の説明中に、思わず口から漏れ出てしまったのだろう。

そう呟いた後、池が慌てて口元を押さえるが時すでに遅し。

気まずい空気が流れる中、池は恐る恐る茶柱先生を見上げた。

説明の途中で口を挟むことに対し厳しいイメージは根強く残っているが、今の茶柱先生はため息をつきつつも強く責める様子はなかった。

「不用意な発言には気をつけるんだぞ池」

「は、はい、すんませんっ！」

「攻撃側のクラスはジャンルを選択してから難易度を選ぶが、基本は1段階目の平均的な難易度になっている。高難度の2段階目、3段階目を選択することも出来るが、そのためには獲得している得点を消費する必要があるからだ。保持している得点を1支払うごとに難易度を1段階上げることが出来るということだ」

少しずつ特別試験のルールが細分化されていく。

攻撃側も単にジャンルを選ぶだけでは無いらしい。

「攻撃側は防御側のクラスに対して5名を指名し課題を出す。何度でも連続して同じ生徒を指名しても構わないし、変えても構わない。ジャンルも同様に連続して同じものを選んでも構わない」

生徒の指名とジャンルの選択には一切制限はなく、不特定多数を狙うことも特定の生徒だけを延々と狙い撃つのも攻撃側の自由というわけか。

「じゃあ苦手なジャンルとか相手のクラスに悟られていたら……」

すぐにその考えに至るのも無理はない。

不得意な分野で集中的に攻められたなら全問不正解になる確率も低くはないだろう。

「不安を覚える気持ちも分かるが、苦手なジャンルを事前に必ず克服しろという特別試験ではない。この特別試験では個々の知識も重要だが、クラスが如何に味方のことを理解しているかも重要になってくる。ただ出される課題を淡々と受け続けるのではなく、時にはリーダーが生徒を守り、状況を見定めて攻めることも出来る仕組みになっているからだ」

防御側

リーダーの指名により課題毎に5名をプロテクトできる。攻撃側の指名した5名の中にプロテクトした生徒が存在していた場合その生徒は正解扱いとする

攻撃側の作業終了後3分以内に自クラスに在籍する5名を指名し担当官に宣言する

※時間制限に間に合わない場合は指名出来なかった人数分ランダムに決定される

課題の除外
各生徒は全16のジャンルから事前に最大3つ、課題を自由に除外することが出来る
除外された課題を攻撃側クラスは選択できない

脱落
合計3回不正解となった場合、その生徒は脱落し以後指名の対象にはならない
また脱落者1名につき得点がマイナス1加算される
※獲得している得点が0点の場合でもマイナスは蓄積される

得点
課題に正解（もしくはプロテクト成功）した場合1名につき1得点が与えられる
不正解による得点の減少は存在しない

「今の時点では混乱する者もいるだろうが、防御のたびに5名除外できるため、集中的に狙われるような生徒が現れればその者を優先して守ることも出来る。もちろんプロテクトで守ってくると判断すれば攻撃側も都度狙いを変えてくるだろうがな。おまえたちは課題

の正誤以外にも様々な駆け引きをしていくことになるだろう」

事前に茶柱先生が口にしたように少々複雑な特別試験と言えるだろう。

しかし紐解けば意外と単純な面もあり、同じことの繰り返しになる内容でもあった。

「また今回、攻撃側、防御側を問わず必要な事柄は特別試験中も常に生徒たちで話し合い検討し合うことが許されるが、その全ての最終決定はクラスが選出したリーダー1名に行ってもらう。極めて責任重大なポジションだ」

クラスメイトの意見を反映するもしないも、全てはリーダーの一存か。

決断力のない者や判断能力を失うような者には絶対に任せられない。

「そして———3回間違えて脱落した生徒を抱えたクラスが4クラス中最下位に沈んだ場合、その脱落者の中から1名退学してもらうことになる」

「うわ……た、退学ってマジかよ……あり得るかもって思ってたけど……！」

どこからともなく、生徒たちの間で小さな悲鳴が上がる。

「そして今回の特別試験の報酬はこうなっている」

報酬
1位クラスポイント　100
2位クラスポイント　マイナス50
3位クラスポイント　マイナス50

4位クラスポイント　　マイナス100
※最高得点のクラスが複数出た場合は延長戦を行い決着をつける
※4クラス全て同率得点で試験終了した場合は全クラスポイントマイナス100とする

「うわなんだこれ!?　1位以外全部クラスポイントがマイナスじゃん!?」

生徒たちから驚きを含んだ動揺の声があがるのも当然のことだ。

4クラスの中で実質的な勝者は1クラスだけということ。だが、ルールを奥深くまで紐解いていけば勝者が1クラスだけなのも理由を予測することが出来る。

報酬の注意書きにもあるように、仮に4クラスが特別試験前に談合、密約すれば得点を平等に揃えて特別試験をフィニッシュすることもできる。それを避けるための措置。

2位以下がマイナスになる以上、クラスの垣根を越えて協力し合うことはほぼ不可能になるわけだ。手を取り合っても勝てるクラスは1つだけ。

もちろん1年生の夏に行われた無人島試験で龍園が葛城と結んだ契約、クラスポイントを放棄する代わりにプライベートポイントを貰う、といった例外的な方法を取るなら出来なくもないが、確実に1位を取らせられる戦略でなければまず協力は成立しない。

ルール上、手を取り合えば高得点を取り合うことが簡単なため、それを未然に防ぐための学校からの制約は思ったよりも強力だ。

最下位に沈めれば特定の生徒を退学させられる貴重な機会でもある。

今までの特別試験よりも一歩踏み込んだもの、千載一遇のチャンスを捨てるような真似は余程の見返りでもない限り絶対にしないだろう。

成立し得る協力関係があるとすればお互い『脱落者を出さない』内容で契約すること。どのクラスにも平等で、そして安全を買うことも出来る方法だ。

しかし堀北と一之瀬は別としても、龍園と坂柳にその提案が通る可能性は低い。

それに攻防の仕組み上2クラスを相手に必ず戦わなければならず、脱落者を出さない方針を貫くのも一筋縄ではいかないだろう。

「最下位のクラスに脱落者が複数存在した場合は、クラスのリーダーが脱落した者の中から1名指名する形をとる。無論指名された生徒に拒否権はない。仮に同率最下位のクラスが複数出れば、複数のクラスから退学者が出る可能性もあるだろう」

最下位のクラスに脱落者がいれば1名以上の退学者は絶対に出るということ。例外が作れるとすればいつものように2000万ポイントを支払うか、あるいはプロテクトポイントを持つ生徒が脱落していて選ばれた場合くらい。

最下位でも脱落者を0に抑えたケースであれば回避可能だが、正攻法では不可能に近い。

「先生、よろしいでしょうか」

茶柱先生の前に座る堀北が挙手をし、質問の許可を求める。

「いいだろう。なんだ」

「特別試験の途中にリーダーが脱落した場合はどうなりますか。また脱落した者は退室など特別な行動が求められるのでしょうか」

「まず答えやすい後ろの質問からだが、脱落しても以後攻撃側から指名を受けないだけで
それ以外は他の生徒と変わらず同じ場所で待機。会話に参加するなども自由だ」

つまり脱落者のリストには入れられるが、それ以外は特に制限がかからないと。

「それからリーダーの脱落についてだが、今回リーダーはそもそも課題には参加はしない。

つまり攻撃側が指名することは不可能となっているため脱落の恐れはない」

「リーダーは指揮のみで戦わない、と……」

「そうだ。リーダーに選出された者は実質退学のリスクを免除される。それを役得と考え
るかそうでないかは個人の裁量に任せよう」

クラスを率いて戦うリーダーは退学のリスクを負わない。

代わりに最下位になれば脱落した生徒から退学者を自らが指名しなければならない。

負ければ責任は大きく、されど自らで責任を取れず仲間を退学させなければならない役
目。

唯一安心を買えるポジションではあるが、勝敗を左右し、そして敗北時には切り捨てる
仲間を選ぶ責任故に安直にやりたがる生徒はまずいないだろう。

龍園や坂柳のように軽々と非情になれる人物ならまだしも、他の生徒は恐らく引き受け
ない。死刑囚の床板を抜くボタンを押す役目はそれほどに厳しい。

「それから重要な点として、今回特別試験中、防御側で課題を行っている時を除き携帯電

話の使用を常時認める」

「え、構わない……んですか？」

「むしろ今回の特別試験において、携帯は必要不可欠なガジェットと言えるだろう。他クラスの詳細は試験開始後に開示される。つまり誰がどのジャンルを除外しているのか、リアルタイムで情報の整理を行い最適解を見つけていかなければならないからな」

３クラス合わせて１００人以上の生徒。対象2クラスでも約80人。

クラス総出になって、情報を掻き集めなければジャンルの指定もままならないだろう。

それに携帯が使えるメリットは他にもある。

普段、対話を得意としていない生徒はちょっとした気付きに対して声を挙げることを難しいと感じるケースも少なくない。些細な疑問だからと自分の中で呑み込んでしまい、実は後でそれが気付くべき疑問だった、といった場合だ。

アプリを通じて特定の友人にだけ気付いた疑問に関するメッセージを送り、判断を仰ぐといったことも簡単に出来るだろう。

「もちろん防御側のための活用もできる。ギリギリまで課題のために知識を頭に叩き込むのも、対戦クラスの生徒に連絡を取り交渉をするのも自由。好きにして構わない。試験中に課題の傾向が見えてくれば、多少なりとも対策に充てることも可能だろう」

これまでは考えられないような条件が付け加えられた。

携帯が利用できれば、攻撃、防御の幅は大きく広がることになる。

如何に素早く情報を共有し効率化を図るか、そんな側面も試されることになりそうだ。

「特別試験の実施は来週末の金曜日。まずは週明け月曜日の放課後までに時間を作りしっかりと話し合ってリーダーを決め、私に通達するように。万が一リーダーを選出できない場合、分かっていると思うがこちらがランダムに選出することになる」

これで特別試験の説明が終わりになるのか、茶柱先生が重たい息を吐く。

「もう分かっていると思うが、厳しい戦いになる。私から言えることは──」

生徒たちを見つめ、そして答える。

「最下位にならないよう全力を尽くせ。それだけだ」

負ければ仲間を失うリスクがある特別試験、最下位回避は絶対条件だ。

3学期の特別試験は過酷になる可能性があったが、まさにその通り。

学力が高くとも、身体能力が高くとも、欠けている知識の隙を突く他クラスの戦略によっては、有能な生徒が退学することも十分に考えられる。

それにしても今回、攻撃して得点を得る仕組みにしなかったのは、よく考えられているなと感心する。

防御側の判断こそが得点に繋がるため、自分のクラスと向き合い考えることがより重要になる。リーダーとそして仲間の話し合いで得点を稼ぐ試験だ。

どれだけクラスを知っているか、敵のことを知っているかが勝敗を左右するだろう。

1

茶柱先生が教室を後にし、午前の授業が始まる前の僅かな時間。

移動教室でもないこの日、いつもなら適当な雑談をして皆が過ごすが、今日はそれすら時間が惜しいのか生徒たちが堀北を囲むように自然と集まっていた。

まずは騒がしいクラスメイトたちを静めるため洋介が先陣を切る。

「時間も少ないから、今は最低限で特別試験の内容を振り返ることに留めよう」

下手に喋り散らかして収拾がつかなくなることを避けるため、そう伝達。

流石に2年間近い経験から、耳を傾けない生徒はほとんどいないだろう。

周囲が静まり返ったことを同意と受け止めた洋介が、頷いてこう続けた。

「今回の特別試験の不安点は、脱落者を出さないで最下位になるという状況が考えにくいことから、最下位のクラスにほぼ必ず1名の退学者が出てしまうことだね。それに確率は低いけれど、同率最下位になれば複数クラスから退学者も出るかもしれない」

攻撃を受ける回数は20回。1回につき5名であるため、合計１００回。

どんなにリーダーが手腕を振るっても、脱落者が数名出ることは避けられそうにない。

「試験の特性上2問目を間違えた生徒は窮地に陥ってしまう。特定の生徒を脱落から守ろうとプロテクトすれば当然他クラスはそれ以外の生徒を狙ってくるでしょうね。守ることにこだわり続ければ次々と2問間違えた生徒が増えていく……」

まさにその考えが駆け引きの1つ1つになる。

攻撃側は防御側のクラスを分析し、誰がどのジャンルを不得意としているかを見定め狙い撃つ。プロテクト対象を読み切り躱し、得点を与えないようにしなければならない。

防御側も同様に攻撃側の考えを読み、対処が求められる。

「能力の低い生徒が必ずしも脱落するとは限らない点にも注意ね。他クラスとしては今後を見据えて、有能な生徒を脱落させて退学に追い込みたいと考えるのが自然の摂理。クラスとして守るべき相手を見誤れば、有能な生徒でさえもリスクを負うことになる」

極端な話、リーダー以外は誰もが退学の可能性がある試験だからな。

洋介や櫛田のような優等生であっても連続して課題を浴びせ続ければ、脱落させることも不可能ではないだろう。

もちろん、その他に優先して守るべき生徒がいない場合に限りという条件もつく上、クラス対抗の勝負は捨てることになる確率が高いため、賢い戦略とは言い切れないが。

もしその戦略が成功すれば、失うクラスポイントの比ではないダメージを受ける。それらも加味して、今回の特別試験の報酬そのものは控えめなのかも知れない。勝者がより有利になるというよりも、敗者がより不利になることに重きを置いた特別試験。

「これだけ聞けば、脱落は何としてでも避けたいと思うのは自然なことよ。でも、この短い時間の中で私が言いたいのは過度に不安になり過ぎないこと。特別試験の本質が見えていない中で騒ぎ立てず、まずは全体の意識を統一することから始めましょう」

特別試験の表面から見える怖さを伝えつつも、それが全てではないことを伝える。

だがいつまでも放置していては、当然勝手な妄想は広がっていく。

そのため、堀北は今日の昼休みにクラスメイトを教室に集め話し合うことを決定。

強制ではないが、可能な限り参加することを求めた。

2

昼食を持たない生徒は、急ぎ足で売店やコンビニに駆け込んだ。そして教室に戻る。昼休み開始約10分後、高円寺を除くクラスメイト37人が教室に集っていた。

もちろん次の特別試験に向けた話し合いを行うため。

話し合いと食事を並行して行い時間を有効に使おうという流れになっている。

重要な項目は幾つかあるが、1つは先に堀北が伝えたように特別試験をちゃんと理解し向き合えるようにすること。そしてリーダーの選定にあるだろう。ここまで実質的にリーダーの働きを多く行ってきた堀北が立候補すれば反論する者は少ないことが予想されるが、まだ話し合いが始まったばかりということもあってか自ら声を挙げることはしていない。

責任の大きさから逃げるようなタイプではないだろうが、まずはクラスの声に耳を傾けたいといったところだろう。他に我こそはと名乗り出る生徒がいないとも限らない。

しかし堀北が自ら声を挙げずとも、リーダーへと推そうと考える者は出てくる。

「堀北さん。本格的な話し合いになる前に1つ聞かせて欲しい。今回の特別試験でリーダー役を任せたいとお願いした場合、引き受けてもらえるのかな」

　クラスメイトが聞きたいであろうことを率先して洋介が質問する。突然思いもよらない生徒がリーダーを買って出る展開になるよりも、70点、80点の手堅い成果を挙げてくれそうな堀北を早いうちに擁立しておきたいとクラスのために行動しているのだろう。

　しかし洋介の腹の内が同じとは限らない。

　満場一致特別試験では方針を変え、クラスを混乱に招いた責任者として堀北に対しネガティブな印象も強く残しているからだ。それを一切感じさせないのは流石だが。

「多数から指名されたなら拒否するつもりはないわ。でも今回の特別試験、リーダーは大きな責任を負うと同時に脱落、退学するリスクを免れるルール。他に立候補者がいるのなら、私としては話を聞いてみたいと思っているの」

　一方で堀北は結論を急がない。試験の本質が分かっているからこそ、腰を据えて判断をする。今回のリーダーには戦略と指名の責任があるが、退学回避の特権もあるからな。

　この場にいる37人の中に自身の退学を望む者は1人もいない。

　なら、退学回避の特権が功を奏し、堀北以上の能力を開花させ采配を振るう者が出てこないとも限らない。が、多くはそうはならない。理想の話。

　結局リーダーになることで安心を買いたいと考える者しか出てこないのが現実。しかし自己保身のためだけに立候補しても、クラスメイトは当然その者を認めないだろう。

あくまでもリーダーには責任、そしてクラスを勝たせる覚悟と自信が問われる。

「この中でリーダーになりたい。そう考える者がいるのなら教えてもらえないかしら」

クラスを見渡せる教壇の位置に移動した堀北が、そう問いかける。

直後に静まり返った教室は、生徒たちが顔を見合わせるだけで時間が過ぎていく。

30秒ほど立候補者の登場を待った後、洋介は一度頷いた。

「正解じゃないかな。リーダー就任による脱落、退学免除の部分は、正直大した恩恵じゃないと思うんだ。クラスの重要な責任を負える生徒が他にいないのなら、僕は是非とも堀北さんに任せたい。どうかな」

リーダー希望者がいないのならと、洋介が早々と決定を促そうとする。

その急かしには思うことがないわけではないが、リーダー決定は重要なことだ。

期待の返答が待たれた堀北だったが、携帯の画面を見ていたのか僅かに反応が遅れる。

ちゃんと話を聞いてはいたようで画面を閉じてこう答えた。

「ええ、もちろんそのつもりよ。他の人の意見を聞きたくて保留の姿勢を見せたけれど、最初からリーダーを引き受けるつもりだった。このまま異論がなければ――――」

「ちょっと待って」

堀北で決まりだ。そんな空気が漂い始めるであろう時、迷いつつも前園が挙手した。

「私は少しだけ、その、議論の余地があると思っているんだけど」

洋介が一瞬だけ強張った表情を見せそうになったが、笑顔は崩さない。

いつもなら隙を見せないはずなのに、今日はらしくない。

クラスから退学者が出る恐れのある特別試験への警戒心から来るものだな。

「確かに堀北さんは頼りになると思う。責任のあるリーダーを受けても良いって言ってくれることも凄く助かるし。でも……今度の特別試験は絶対に負けられないよね？　もし最下位を取って脱落者がいたらクラスから退学者が出る。だからこそ、一番勝てる確率の高い人をリーダーにするべきじゃない？」

安全を買うためにリーダーになりたい、といった発言なら洋介は即座に反応して否定しただろうが、どうやら堀北のリーダーとしての能力に疑問を呈するものだった。

「確かに前園さんの言うように、勝てる確率が高い人がリーダーをするのは最善だね。だけど堀北さんなら十分に、勝つための決断をしてくれるんじゃないかな？」

洋介の中では堀北が一番適任だと確信しているだけに、間髪を容れず聞き返す。

「別に堀北さんの実力は疑ってないよ。それでも本当に一番？って考えると議論の余地はあるって言うか。最適な決断を出来る人はこのクラスに他にいないのかな？」

特定の誰かを名指しするわけではなく、前園は洋介を含めクラスメイトに訴えかけた。

洋介は笑顔を絶やさずに何度か頷きつつ、しかし返答には声を詰まらせる。

前園の疑問はそれほど不思議なことじゃないものの、厄介なものだったからだ。

下手すると嫌な空気が流れかねない。

そんな中、思いがけない反応をしたのは深く考えていなそうな池だった。

「じゃあ前園には思い当たるヤツがいるのかよ。俺はわかんねーんだけど」

「まあ落ち着いてよ。私の個人的な意見だけど、言わせてもらっていい？」

池の意見を肯定した前園には頭に浮かべている人物がいるらしい。

誰にも発言を止める権利がないため、前園はそのまま続けた。

「満場一致特別試験の時、堀北さんは櫛田さん退学の流れから意見を変えたよね？　あの時責任を取るべき人は反対を投じ続ける生徒になるはずだったのに。なんて言うか貫くべきところで貫けなかったような気がしてさ。今回はリーダーが全て決めるわけでしょ？　脱落者の中から退学者を決めるっていうのも、無視できないことだし。あ、念のために言っておくけどその判断が間違いだったって言うつもりはないから。問題が全部解決したわけじゃないけど、櫛田さんがクラスに留まってくれてることでプラスになってる部分も大きいから」

けして無意味に櫛田を嫌っているわけじゃない、ということを強調して丁寧に話す。

無論、話の中で名前をあげられるだけでも櫛田は内心苛立っているだろう。

クラス内では仮面を外すような機会も増えているが、一応今のところ笑顔のまま。

と言っても、その笑顔が温かいものかどうかは一考の余地があるが……。

あくまでも前園が言いたいのは堀北には優柔不断な点があるのではないか、また信用に値するかどうかは怪しいと疑念を抱いているとのこと。

「リーダーの決断力って部分だけは引っかかるんだよね。他の誰が最適かはいったん置いといて、ホントに今回の試験で任せる相手が堀北さんでベストなの?って話」

改めて堀北に任せて良いのか、クラスで考えてみるべきだと提唱する。

堀北の決断力、判断力が完璧かと問われれば今現在はノーだ。

なので歓迎すべき良い疑問だとオレは思う。この話は堀北にとっても大切なものだ。成長する上で周囲の評価や考えを吸収する機会に出来る。

が、前園が随分と饒舌に堀北の能力に疑問を投げかける人物だったことには驚きだ。

「なるほど……それは耳の痛い話ね。確かにあの時私は迷った。そして大多数のクラスメイトが望む意見を拒否し個人的な理由から変え決定した。紛れもない事実」

厳しい表情をしていた長谷部の横顔が一瞬曇るが、それでも堀北を睨みつけるような真似はしなかった。あの状況、堀北も苦しい決断をしたことを今なら理解しているだろう。

「私自身未熟な部分は少なくない。リーダーとして自分が一番だと断言も出来ない。けれど今現在、誰もリーダーとして名乗り出てはいない状況よ」

「名乗り出てなくても推薦すればいい。私も含めて他の人に聞いていけば、もっと最適な候補者を出してくれるかも。聞いてみる価値はあるんじゃない？」

「なるほど推薦ね。確かにクラスの中には、私じゃない方が良いと思っている生徒もいるでしょうね。けれど私は一度、クラスに問いかけた。リーダーをする志がある生徒がいたなら挙手していたはず。自ら立候補しない人物の判断に任せていいことかしら？」

「それは——」

「それとも唯一この話し合いに参加していない高円寺くんにも聞いてみる？　彼は切れ者の一面もあるし、決断力は間違いなくあると思うわよ」

前園の意見を一刀両断するかのように、そう言い放った。

高円寺はどんな疑問にも即答できるだけの強い個を持っていることは確かだろう。

前園は一瞬苛立ったような顔をしたが、反論が浮かばず口ごもる。

「あなたの考えも正しいわ。もっと強く、もっと素早く良い決断をできる人を探すべきという意見には賛成だもの。だから今の前園さんの話を聞いた上でクラスの皆に聞かせて。今回の特別試験、リーダーとして戦いクラスを勝利に導く自信のある生徒は挙手してほしい。私は私より最適だと思う人が現れれば喜んでリーダーを譲るわ」

特定の人物がオレのことを指しているのは明らかで、こちらに視線を向けている者もいたが、もちろんオレは微動だにしない。堀北がリーダーとして成長していく過程、その経験の場を奪う真似をする気などないからだ。

そしてオレが頑なに立候補しないことを誰よりも堀北は最初から分かっている。

だからあえてクラスの決断力のある誰かを探す、程度の曖昧さで済ませている。

内に秘めた実力だけでは戦えない。

我こそはと手を挙げられるくらいでなければ、確かにこの特別試験は任せられない。

「確かに堀北さんの言う通り。立候補して来ない人をリーダーには出来ない、ね」

正論の前に前園は自らの意見を取り下げ、状況は沈静化した。

　似た繰り返しになるが、前園の発言は不必要なものでも非難を浴びるものでもない。堀北がリーダーになるべき、というクラスメイトが陥りつつあるバイアスに待ったをかけることはとても重要だ。

　改めてこのクラスのリーダーは、現状で堀北が最適解であるか否か。都度、それを確かめながら答えに辿り着けるうちは、その点において心配はないと見ていいだろう。

　そして次にその疑問が完全に消え失せた時が、堀北がクラスの誰からも認められたリーダーへと成長した時だ。

「やっと前に進めそうだね。改めて今回の特別試験がどんなものか話を進めよう。それから食事も進めておいた方がいいよ、皆手が止まってるから」

　多くの生徒が緊張した空気の中にいたためか、昼食が全然進んでいない。洋介の言葉にハッとして慌ててかきこむ者も現れた。

　それから特別試験の概要とルールを改めて堀北と洋介が中心となって説明していく。

　堀北の発言中に洋介が食べ進め、洋介の発言中に堀北が食べ進める。

　茶柱先生の説明時に聞けなかったことも含め、昼休みの後半に突入する頃には、全ての生徒が理解を大きく深められた。

　そして意見を交換し合う流れに突入した頃、ずっと思っていたことがあったのか須藤がやや力強くこう発言した。

「この場にいない奴についてなんだけどな、高円寺の扱いはどうすんだよ。あいつのことは必ずプロテクトするのか？　そういう約束なんだよな？」

卒業までの前貸しと称し、高円寺は無人島試験で単独1位の快挙を成し遂げた。その見返りとして完全なる自由を許される権利を得た。これは高円寺を無条件で守ることを意味している。今回の特別試験、当然高円寺にも脱落、退学の危機がある。

無人島試験直前に交わしたこの約束だが、この話はクラスメイトも大勢が聞いていて、既に試験後に堀北が説明しているため全員にとって周知の事実だ。

「タイムリーな話題よ。さっきご丁寧にメールが送られてきてこう書かれていた。『言うまでもないことだが、私のことは退学からしっかり守ってもらわなければ困るよ？』と」

そう答えながら携帯の画面を向けて実際の文章をクラスメイトに見せる。

「そんなの最悪じゃね!?　強制的にプロテクト枠が4つになるってことじゃん！」

攻撃側が高円寺を常にプロテクトしていることに気付けば当然指名を避けてくる。だが避けてくるとしても攻撃されない保証はどこにもないため、約束を順守するならプロテクトし続けなければならない。

「早合点しないで。必ずしも常にプロテクトする必要性があるとは言い切れないわ。何らかの対策を考える。今は詳しく言及しないけれど過度に不安にならないで」

戦略が絡んでくる部分なだけに安易な話し合いをこの場では出来ない。

議論が過熱すれば時間も使うし、昼休みだけでは到底足りないだろう。残り時間を考慮し、堀北は必要事項の再確認とそれに関する質問だけを受けるに留める。

また戦略に起因するような話は情報漏洩の観点からも慎重に行うことを堀北は示し、随時思いついたアイデアなどは募集するが、大勢のいる教室、人の行き交う廊下といった場、また携帯など簡単に記録が残るものでのやり取りを禁止とした。

3

学校が終わり、オレは恵とケヤキモールに向かった。

今日は元々立ち寄る予定はなかったのだが、寄り道したいとお願いされたからだ。

しかし誘ってきた恵は、いつものように笑顔ではなく曇った表情ばかり浮かべている。

「さっきから暗いな。どうしたんだ？」

「あ……うん……」

何か言いたいことがあるようで、僅かに迷った後こちらに目を向けた。

「ね、ねえ清隆。今回の試験、あたしどうなっちゃうのかな……もし狙われ続けたら、正解し続けるなんて絶対に無理だと思う……守ってもらえるのかな？」

不安な表情を隠せず、恵は怯えながら聞いてくる。

「自信がない生徒は恵だけじゃない。クラスのほとんどの生徒が、大なり小なりの不安を抱えているはずだ。もちろんリーダーを務める堀北もそのことをちゃんと理解している」

「清隆がリーダーだったら良かったのに……そしたら、絶対守ってもらえるのに……」

その妄信に対する返答はあえて避けるが、今は不安を払拭することが優先だ。

「堀北はクラスメイトを守る。だが、それでも負ける可能性は0には出来ない。だがその時に求められる決断は誰を切るかだ。恵の他に脱落者が何人かいる時、女子をまとめることが出来る恵を簡単に選択することはしないだろう。それにオレの彼女であるということを堀北は理解している。オレが守らずとも堀北にとって対象とはしづらいはずだ」

こちらが意図して誘導するものではなく、あくまでも堀北が勝手に解釈する視点。

オレの協力を今後も得たい場合、やはり恵は切り捨てにくい材料になる。

ただし、これは恵以外にも脱落者が存在し、それらの条件を加味した上で恵の優先順位が高くなる必要があるが。

恵と洋介の2択になるなどすれば、幾らオレの彼女という肩書きを持っていても、強引に介入でもしない限り堀北の判断を変えることは不可能だろう。

「そ、そうだよね。あたし清隆の彼女だもんね。簡単に堀北さんが選んだりしないよね」

「ああ。それに40人近いクラスメイトに対して確実に守れるプロテクトは毎回5人。そのことを加味すれば脱落する者は珍しくない。20ターンも繰り返せば、各クラス結構な数の脱落者で溢れてるはずだ。仮に10人脱落していれば、女子のリーダーである恵が選ばれることはまずない。そうだろ？」

「……だね」

脱落者が多くなる、それはAクラスのような優等生クラスも例外じゃない。

1人の脱落者も出さず立ち回る行為は、むしろクラスの首を絞める。

極端な話クラスの半数が脱落しようとも、最下位を避ければいい。

少しでも安心させるためには、こういったフォローも無駄にはならない。

自分の価値がけして低くないことを理解させておくだけでも、気持ちの負担は減る。

オレの彼女であることが安心材料なのは事実。

ただし、考え方次第では逆に危険材料とも捉えることが出来る。

オレにダメージを与えたいと考える者がいれば間接的に恵を蹴落としてくることも十分あるからな。

とにかく、この特別試験には生徒一人一人の価値を再確認させられる側面もある。

誰がクラスにとって必要か不必要か。内からも外からも見つめさせられるだろう。

4

ケヤキモールからの帰り道。オレはベンチで横になっている森下(もりした)を見つけた。

「何あれ……」

隣にいた恵も、不思議そうに（やや引いた顔で）森下を見ている。

温かい日差しの中でもない状況で、ベンチにうつ伏せになって目を閉じることになった流れを理解することが出来ない。

雪解けは済んだと言っても、まだ1月中旬の真冬だ。

「死んでいる？」

僅かな確率もこの森下ならあるのだろうか、そう思い口にするも……。

「ないない」

隣の恵が突っ込みつつ否定した。

「正解です、死んでいません」

むくっと起き上がった森下は、やや眠そうな顔でこちらを見上げた。

どうやら寝そうになっていたらしい。

こんな寒空の下で、よく眠気に襲われたものだ。

「そんなところで何してるわけ」

「気になりますか」

「気にならないと言えば嘘になるけ――」

「では教えましょう。私は何を隠そう綾小路清隆を待っていました」

恵が一応は気になるレベルで問い返そうとしたら、被せるように理由を話す。

やっぱり敬語なんだが、呼び捨てにされているのがちょっと引っかかる。

「え、知り合い？」

当然、隣の恵も驚くだろう。

「知り合い……ってほどでもない。1回話したことがあるだけだ」

「ふぅん？　随分他所のクラスの女子とは顔見知りなんですねぇ清隆くん」

教師が生徒を問い詰めるかのように、腕を組んで探るようにこっちを見上げてくる。

「オレから話しかけたわけじゃないぞ」

「どっちから、なんて関係ないんですよねぇ。話すこと自体が問題なわけで」

それはなかなかに無茶な意見をしてくれる。

もちろん、本心でありながらも本気の意見でないことは分かっているが。

「オレを待っていたって言うが、声をかけなかったらどうするつもりだったんだ」

こちらは森下の存在をスルーしても良いと思っていたが偶然話しかけたに過ぎない。

「ご心配なく。薄らとですが目を開けていたので通れば気付きます」

寝ていたわけじゃないなら、それはもう何故その体勢なのかの意味が分からなくなる。

森下の行動について深く考えると負けな気がした。

「オレを待ってた理由は？」

「何だと思いますか」

まさか聞き返されるとは……。

「全く想像が付かないな」

「実は幸運が舞い込んできまして。まさにそちらの彼女のことについてです」

「え、あたし？」

自分が関係していると思わずびっくりして自身を指差す恵。

「はい。どのような方なのかなと興味がありまして」

「興味って？　どういうこと？」

「調べていくうちに、妙におかしいことに気が付いたんです」

　のそっと立ち上がると森下は眠そうな目を向けつつ恵に近づいてきた。

「何よ、何なの？」

　ひよりとはまた違った、独特の空気感を持つ森下。

　それは落ち着きだとか和みだとかとは違い、ただただ変。

　恵もその森下の変わりっぷりを短時間で十分に感じたようで、やや引いている。

「軽井沢恵。あなたは当初平田洋介と付き合っていたんですよね？」

　あ、やっぱり恵や洋介も名前を呼ぶときは呼び捨てなんだな。

「そ、それがどうしたっていうわけ」

「どうして平田洋介と付き合ったんですか？　いえ、そもそもどうして平田洋介はあなたのような女性と付き合ったのでしょうか」

　まるで探偵が犯人を追い詰めるかのように恵の周りをぐるぐると歩き出す。

「ちょっとちょっと、なんか失礼なこと言ってないこの子」

「私なりに平田洋介のことも調べましたが、彼は学校でも随一のモテ男だそうです。モテ要素であるサッカー部に所属し学力も申し分なく、恵まれた容姿に加え、男女平等、優しく思いやりがあり勉強もできる」

言い回しには引っかかることもあるが、洋介の評価としては妥当かつ的確だ。

まさに表面上はハイスペックな生徒と言って申し分ないだろう。心に傷を負いやすく自分を追い込む癖はあるが、それは言い触らすものではないため省略だ。

「そんな彼があなたのようなちゃらんぽらんを選ぶでしょうか」

「……ちゃらんぽらんって何よ」

「さあ。初めて聞いた言葉だ」

と、嘘をついた。

ちゃらんぽらんとはいい加減で無責任。適当。そういう感じな意味合いを持つ言葉。

ここで恵に教えればトラブルの火種になるからな。

森下は戸惑う恵の頬を人差し指でそっと軽く一撫でした。

「勝手に触らないでよ」

「今は控えているようですが、入学当初は高校1年生にもかかわらず、厚化粧している様子もあったそうですね」

「そ、そんなのあたしの勝手でしょ」

「ちゃらんぽらんで、秀でたものも持っていなそうで厚化粧。そんな当時のあなたを平田洋介が選んだ理由が分からないんですよね」

「それはほら、あたしが可愛かったから？」

いじめられていた過去を隠すためのカモフラージュとして洋介に助けを求めたことなど

おくびにも出さず、自分にとって都合の良い評価を下す。

「厚化粧を仮面に置き換えると分かりやすいです。あなたは臆病で繊細な心の持ち主。しかしだとすると勝ち気で強気、女子のリーダーであるという点に矛盾が生じる」

変人なのは間違いない。しかしこの森下は情報を集め疑問に気付くだけの地頭を持っている生徒のようだ。

「何なのよあんた……」

見透かされたような推理に、恵が動じる。

これ以上2人で会話させていると、あまり良い方向には進展しないだろう。

「恋愛に理屈は通用しないとオレは思ってる。恵とはフィーリングがあって付き合うことになった。それに問題があるのか？」

守るような形で恵に身体を寄せると、驚きつつもオレの言葉に嬉しそうに目を細めた。

「なるほど、ですね。私は恋愛をしたことがありませんから。理屈が通用しないことを否定は出来ないですね」

四の五の計算して成り立つのが恋愛なら、オレもここまで長い時間をかけない。

「色々と失礼なことを言ったのは謝ります。軽井沢恵」

恵の正面にまで戻り、森下は深々……深々過ぎるほどに頭を下げた。

しかも頭を下げてから動かない。

「そ、そんな謝らなくていいってば、分かったから」

「そうですか。では謝罪も済んだので問題はなかったことになりますね？」

「え？　まあ……そうでいいけどさ、なんか釈然としないんだけど？」

その気持ちは痛いほど理解できるが、どうにもならなそうだ。

「これ以上はお邪魔なようですし、切り上げさせてもらおうと思います」

「それは分かってくれるんだ……案外良い子？」

ここで森下を帰らせるのが一番無難なのだが、接触する機会はそう多くない。

オレはやや気になっていた疑問をぶつけさせてもらうことにした。

「坂柳クラスの生徒にしては、随分と個性的だな。周りから言われないか？」

隣の恵が引き止めるの？という感じの表情を見せていたが、気にせず答えを待つ。

「確かによく言われますね。個性的だと」

そうだろうな。どう考えても個性的な人間だ。

「しかし不思議なものです。私は元から個性的な人間だと自覚していますし、自分という存在を特別だとずっと考えています。わざわざ個性的ですねと、毎回確認されるのはちょっと好きじゃないですね」

「それは悪かった。だがこの2年間坂柳のクラスに森下みたいな生徒がいることをオレは認識してなかったからな」

「なるほど。没個性的だと思っていた生徒が個性的で驚いたと」

「そういうことだ」

「私は興味が湧かないと自分からは動きません。坂柳有栖、葛城康平がリーダーとしてクラスを率いて行く流れの中で、常に彼らがAクラス全体を守っていたため何もする必要がなかった。それならば個性を出す必要性も生まれない。ただ静かな暮らしをしていれば、そのまま卒業できる環境にいた。没個性的に見られても仕方がないことだと思いますね」

自らの状況を隠すことなく、何故そう思われたのかをちゃんと口にした。

森下の説明は納得のいく理由だ。

今のオレは森下のような生徒に目を付けられるほど注目を集めている。

同じように没個性的な目立たない生徒だったはずが、堀北と同等以上に目立ち警戒されるようになっている。

もちろん、それはオレが意図して動き出したからに他ならないが、もし入学した時点で森下と同じAクラスで、かつ坂柳がオレと接点のない関係だったなら状況は全く違っただろう。

何もせずとも、指示に従うだけでAクラスの地位を盤石に築いてくれる。

これほど楽なことはない。

オレは平凡で個性のない生徒として、のんびりとした日々を送っただろう。

誰にも怪しまれることなく、誰にも警戒されることなく、卒業を迎える道。

森下は半分、この静かなルートの上をただのんびりとたゆたっていた。

「今日はお2人に会えて良かったです。こんな私に応対してくれてありがとうございました」

「い、いえどういたしまして」

何故か恵が森下に合わせるように敬語になった。

「この学校に入学した生徒の大半はAクラスでの卒業を希望している。もちろん私もその1人です。だからこそ、危機感を覚え、色々な生徒と話をしてみようと思ったんです。綾小路清隆は今や随分と注目される存在になっていますし」

改めて恵もいるこの場で、話しかけてきた理由について深掘りして答える。

「今後も接触させて頂くことがあるかも知れませんが、その際はどうぞお手柔らかにお願いします。綾小路清隆、軽井沢恵」

また深々過ぎるほどに頭を下げてから、森下は歩き出し……てすぐに立ち止まった。

そして振り返る。

「お2人もこれから帰るところ、でしたよね？」

「まあ、そうだけど……？」

「私も寮に戻るつもりでしたしご一緒しませんか。雑談でもしながら」

「え、ええ……？　綺麗に会話が終わったのにまた話すわけ？　空気読めてない……」

「折角の機会ですし、遠慮なさらず私のことも聞いてください」

「いや全然興味ないし……！」

「そう言わず。何なら連絡先の交換でもしましょう、もちろん綾小路清隆も」

「いやいやいや、交換とかしないし！　ねえ？」

「オレは別に交換してもいいんだが？」

「ちょっと！」

「友達は1人でも多い方がいいからな」

「素晴らしい考えですね。完全に同意します」

「う〜っ、清隆のそういうところ、ちょっと可愛くて怒り切れないよぅ！」

ということで、オレたちは（恵は嫌々）連絡先を交換することにした。

チャットアプリは何かと便利だし、お互いに知っておいて損はないしな。

1つだけ気になったのは、森下のチャットアプリには数人しか登録がなかったことだ。

今まで本当に静かに生活していたようで、友達は作っていなかったんだなと。

変わり者な部分も大きそうだが。

○差し入れ人の正体

特別試験が実施されると告知された翌日の金曜日、その放課後。

昨日の昼休みに話し合って以降、クラス全体を集めての話し合いもなくなったため、特に試験に関与する行動は1つも取っていない。

一夜明けて、リーダーとしてクラスを任される立場となった堀北の戦略や考えも進展を見せていると期待したいが詳細は不明。オレにアポイントを取ろうとする様子もない。まだ1週間あるし慌てる必要はないため、じっくりと考えてもらいたいものだ。

「綾小路くん……あの、ちょっとだけ時間いいですか？」

1人で教室を後にしようと準備をしていたところにみーちゃんから声をかけられた。

今週末の恵は友人たちと夜まで遊ぶ予定を入れていて既に姿はない。

そのため、今のオレは完全にフリーの状態だ。なので気兼ねなく時間を割ける。

「どうした？」

「ちょっと教室では……出来れば他の場所でお話をしたくて」

周囲でこちらを気にする生徒はいないが、みーちゃんはここでは落ち着かないらしい。

その様子から察するに、少々話の内容が深刻なものなのだろうか。

「分かった。帰りながらでもいいか？」

「もちろんですっ」

教室に留まり続けるような理由もないため鞄を持ちすぐに移動を始めた。

わざわざ人気のない場所に行く必要性はないだろう。

人で溢れかえった放課後は、廊下でも玄関でも、大勢の生徒がおり、雑音は多い。

「それでオレにどんな話が？」

そう促すと、念のためかみーちゃんは軽く周囲を見た後、安心したのか話し始めた。

「以前私が不登校になった時のこと、覚えていますか？　……情けない話ですけど、平田くんのことで……その……」

満場一致特別試験で櫛田がみーちゃんの好きな相手を暴露した後、9月下旬の話だ。

「その時のことがどうかしたのか？」

「私が外に出られない間、食べ物を届けてくれた人がいるという話なんですが」

「ああ覚えてる。毎日差し入れてくれてたんだってな」

それがオレじゃないかとみーちゃんに聞かれた時のことを思い出す。

「綾小路くんには差し入れの件をお話ししていたので、相談に乗って頂きたくて……」

「そういうことか」

あれから随分と時間が流れたが、今になってこの話が出るということは――――。

「差し入れたのが誰だか分かったのか？」

「ええと、まだ分かっていません。でも、確かめれば……分かると思います」

「確かめれば分かる？」

そう言ってみーちゃんは頷き、ポツリポツリと話し始めた。

勇気をもって学校に再び登校するようになってからも、みーちゃんは助けてくれた人のことを気にかけていたらしい。オレはてっきり、もうそのことは諦めたと思っていたのだがお世話になった人を見つけてお礼をしたいと強く思い続けていたようだ。

手掛かりを得る方法は2つ。1つはみーちゃんへの差し入れだと分かるように食料の入った袋の中に入れられていた部屋番号だけが記載された紙。

印象のある筆跡なら特定に繋がる重要性を持ちそうだが、これが曲者。

みーちゃんはこの場にその紙を持ってきており見せてもらったが、作為的に誰の筆跡か分からないよう崩して書かれていた。

「中々曲者だな、差し入れた生徒は」

「ですね」

残された、手掛かりを追う方法は1つだけ。

差し入れは全てコンビニで購入されたものであるということは判明している。

みーちゃんは差し入れられた物を全てメモして残していた。

つまり、差し入れてもらった商品を店員に説明して、同じものを購入した生徒がいないかどうかを確認すればいい。

コンビニ店員に聞くのは、差し入れ人を探す上では定石。

だが時間が経てば経つほど、当然店員の記憶は薄れてしまうため早い方がいい。

そのことを分からないみーちゃんじゃないと思っていたが、意外な答えが返ってきた。

「学校に復帰してすぐコンビニで店員さんに話をしてみたんです、今回のこと」

結果返ってきた答えは喜ばしいものじゃなかった。

みーちゃんが問いかけた店員は新しくこのコンビニに配属されたばかりで、その時期はまだ勤務していなかった。差し入れ人が購入した時期、中心となって働いていたシフトリーダーは他店に異動となってしまっていた。

刑事なら監視カメラでも見せてもらうところだろうが、当然そんなことは出来ない。

「一応、私の住んでる階層の女の子たちにも話を聞きましたが、分からなくて。そこでいったんギブアップしてしまいました」

手掛かりがなくなれば、普通の生徒にはどうすることも出来ない。

「それは諦めるしかないな」

「ですよね……」

詳しいことは分からないまま月日が流れてしまっていたようだ。

そんな八方塞がりのみーちゃんに思わぬ情報が飛び込んできた。

先日買い物をしようとコンビニを訪れた時、店員から声をかけられた。

異動してしまったシフトリーダーと今学校で働いている店員が偶然にも会う機会があり、みーちゃんが気にしていたことを覚えていて、説明し聞いてくれていたのだ。期待はしていなかったそうだが、丁度異動寸前の出来事だったこともあったためか、該当するかも知れない生徒を覚えていたという。

それで店員はみーちゃんに、シフトリーダーから聞いた生徒の名前を伝えようとしたらしい。

ところが――――。

「油断していたというか、不意の話に動揺してしまって、後日詳しく聞きに来ますと言って逃げちゃったんです」

「逃げたのか」

「逃げ、ちゃったんです……」

何故その状況で逃げる必要があるのかはみーちゃんにしか分からない。

「ちなみに、その話を聞いたのはいつなんだ？」

「えっと……その……」

露骨に言いにくそうな感じは、昨日今日のことじゃないことを暗に示していた。

「……今日で6日目、です」

「随分と逃げてるな」

「逃げ、てるんです……」

恥ずかしそうに、いや情けない自分を恥じて顔を赤くする。

「そろそろ行かなきゃって思うんですけど、なんか、緊張しちゃうというか……。相手を知らないままなら済んだことも、知ってしまうと無視なんて出来なくなりますし。何より差し入れをしてくれた人はここまで名乗り出ていません。つまり、知られたくない、可能性もあるわけですよね？」

相手にお礼をしたい気持ちは正体が分からない間もずっと持っていたはずだ。

だが知らない以上仕方がないとも割り切れた。

時間が経てば経つほど、そう考えるようになっていただろう。

「それはまあ、そうだな」

名乗ることなくみーちゃんを影から支えてくれていた。

名乗らない以上、それ相応の事情を抱えていても不思議はない。

「どういう理由が考えられるんでしょうか？」

「それは様々だろうな」

理由を絞ることは、現状ある材料からは不可能だろう。

「クラスメイトなのは間違いないとして……私は友達がそれほど多い方ではないですけど変に隠すような人たちじゃないと思うんです。どうしてなんだろう……」

みーちゃんは、どうやら自分の周囲の誰かだろうと考えている。

それはそうだろう。普通、自分と無縁の間柄にある人物が差し入れをしてくれるなど思いもよらないからだ。

「これはあくまで1つの理由でしかないが――――いや」

「なんですか？　教えてください」

口に出しかけたもののみーちゃんの心身に負担をかける可能性を考慮して言葉を濁したが、みーちゃんは前のめりに聞いてくる。

「教えてください」

もう一度、念を押すように聞かれたので言葉を続けることにした。

「考えの前提を崩して申し訳ないが、まずクラスメイトとは限らない。みーちゃんが休んだ理由は分からなくても、休んだことを知るのは難しくないからな」

「確かにそうですけど……でも他クラスの人とは接点がほとんどないです」

「それはあまり関係ないな。近しい関係性は必須条件じゃない。女子とも限らない」

「え、えぇっ？」

男子とはもっと接点が無い、そんな顔だ。

「分かりやすく言うが、たとえば陰ながらみーちゃんのことが好きな男子、ってこともあるかも知れないだろ？　好きな女子が休んだと知り、心配で差し入れたケースだ」

「え、ええええっ!?」

転びそうな勢いで動揺して、目立たないようにしていたはずが目立ってしまう。

そのことに気付いてすぐに呼吸を整えるが、肩で激しく息をしている。

「あくまでも理由の1つだ。そんなに慌てることじゃない」

必ずしもそうではなく、思いもよらない理由が隠れていることを例で示しただけ。

「そそそそそそそ、そうですよね⁉」

だが全然落ち着く様子はない。

やはりちょっと余計な想定だったか。

「脱線したが、本題に入ってもらった方が良さそうだな」

もうほぼほぼ理由は察したが、みーちゃんの口から聞いた方がいい。

「今更だけど、どうするべきなのか分からないんです。正体を知るべきかどうか、そしてお礼を言うかどうか……」

「踏み止まるなら今しかないだろうしな」

自信のない様子で小さく頷くみーちゃん。

「綾小路くんならこの状況でどうしますか」

「オレならどうするか、か」

多少悩みはするが、思ったままのことを答えるべきだろう。

「参考になるかどうかは分からないが、オレなら正体を知りたい気持ちが勝ると思う。そして相手が誰かを知った上で接触するかどうかを考えるだろうな」

「正体を知ってもお礼をしない可能性を残す、ということですか」

「あくまでオレならだ。さっきの例じゃないが関係性が全くない生徒だったら、やっぱり迷うし変に探ったことを知られない方がいいケースもあるだろ？」

「そうですね、それは確かにそうだと思います」

好きな人にこっそりと援助をした。

そんな相手から実はコンビニで正体を聞いてお礼に来ました、の展開は驚くだろう。

これは恋愛絡みでないケースでも同様だ。

「相手は知られたくなくて黙ってる場合だと、余計に厄介だしな」

「……はい」

「それと、みーちゃんが正体を知って尚黙っていられるタイプかどうかは別の話だからな。

むしろオレが見ている限りはみーちゃんにこの方法は向いてないと思う」

「です、よね……」

多分答えを知ったら、顔に出て上手く隠すことは出来ないはず。

「やめておくのも悪いことじゃない」

「それは……そうなんですが」

それでも、みーちゃんは手助けしてくれた人への申し訳なさを感じている。

折角薄れかけていたもやもやの感情を呼び覚まされた形だからな。

ここで正体を聞かない選択を選んでも、薄れるのにはかなりの時間がかかる。

「一度答えの詰まった箱を開けたら二度と閉じることは出来ない」

みーちゃんの乱れやすい心を思えば逃げ出してしまったのも仕方がない。

むしろ正体を知らずに済んだとポジティブに捉えるべきかも。

あしながおじさんの正体を知れば、相手が誰であれ今後の見方は少し変わる。

「私は――」

悩めるみーちゃんが、時間をかけてゆっくりと答えを出す。

「や、やっぱり、知りたい、です……」

「後悔することになっても？」

「――はい」

覚悟を決めたのか、それならオレからとやかく言うことはもう何もない。

「じゃあコンビニに行って来たらいい」

そう答えたが、みーちゃんはオレの方を見てもじもじとして動かない。

「…………」

「…………」

奇妙な空気が流れたが、みーちゃんが何を訴えているのかはよく分かった。

「今から一緒にコンビニに行こうか？」

「い、いいんですか？」

正体を知る覚悟を決めたものの、１人では聞けないらしい。

「同席してやることくらいは出来る。それで少し勇気が持てるなら安いもんだ」

「は……はいっ。ありがとうございます綾小路くん！」

今日一番力強く頷いたみーちゃんと、その足でコンビニに向かうことになった。

1

すぐにコンビニの前に辿り着いたオレとみーちゃん。

先陣を切って入店しようとしたが、そんなオレの袖をみーちゃんが引く。

「少し待ってもらえませんか……他の生徒の人もいるみたい、だし」

「誰もいないタイミングを待ちたいってことか」

「可能性は低いと思いますが、援助してくれた人がいるかもしれませんし」

「なるほどな」

繊細なみーちゃんらしい言葉だ。ここはそれを汲まないわけにはいかないか。

週末でコンビニを訪れる生徒も多いが滞在時間は基本的に短い。

しばらく待っていると、店内の客が0になる状況はすぐに訪れた。

「行こうか」

「は、はいっ」

のんびりしていると次の客が来店してくる。

早歩きで店内へと足を踏み入れた。

「いらっしゃいま——あ」

店員は20代くらいの女性で最近よく見かける人だ。

みーちゃんの顔を見るなり、言葉を止めたものの笑顔で改めて言い直す。

「いらっしゃいませ」

「こ、こんにちは。あの、先日は逃げ出してごめんなさい！」

　バッと頭を下げると店員の女性は優しく笑う。

「いいのいいの、全然気にしてないから。聞くのが怖くなっちゃったんでしょ？」

　内心を察してくれているようで、みーちゃんは何度も頷いた。

「彼氏くんが後押しして連れてきてくれたんだ？」

「へっ？」

　顔を上げたみーちゃんがぽかんとした顔をする。

「超格好いい彼氏だね、いいなあ」

「え、え？　か、彼氏？」

「確か綾小路くん……だっけ？」

「どうしてオレの名前を？」

「ほらコンビニでの決済って学生証じゃない？　だからつい生徒の名前覚えちゃうんだよね」

　確かに決済する時、本人写真と名前の付いた学生証を使うからな。

　何度も買い物をしていれば覚えられていても不思議はない。

「でも——君って別の子とよく腕組んで買い物きてない？　先日も……ハッ!?」

「何かに気付いたみたいな反応ですけど、前提が間違ってます。彼女は友達です」

スッとみーちゃんを指して答えると、それに合わせてみーちゃんも大きく頷いた。

「なんだ、そういうことか。でも意外と脈ありだったりし——」

「ません!!」

これまでになくみーちゃんが力強く否定した。

何ら恋愛感情があるわけじゃないが、少しだけ気落ちしてしまうのは何故だろうか。

まあ洋介を好きなみーちゃんにとっては絶対に勘違いされたくないところだな。

「それで、あの、私が探していた人物なんですが……」

「あぁうん。えっと教えていいのかな？　大丈夫？」

みーちゃんの心境を気遣って、そう優しく確認を取ってくれる店員。

「……はい。そのために来ました」

「そっか。じゃあ教えるね」

一呼吸おいて、店員さんがみーちゃんの探し続けていた人物の存在を明かす。

「前のシフトリーダーはその子の名前を覚えてなかったんだけど、凄く特徴的な子だったからそれを聞いて、ピンときたの。あなたと同じクラスの高円寺……えっと、六助くん、だったかな。彼が差し入れと一致する商品を買ってたみたい」

「へ……？」

ずっと知りたくて知れなかった差し入れ人の名前。

それが、まさかの高円寺？

何故高円寺が？

間違いなく隣のみーちゃんも驚いている。いや唖然(あぜん)としていると言っていい。

意外だ。意外過ぎる名前。

……そう最初は思ったが、実は意外でもないのか？

高円寺とみーちゃんの組み合わせ、接点は多くない。

だが高円寺がみーちゃんに対して比較的温厚な態度を取っているのは見たことがある。

それくらいのことでと普通なら思うところだが、何せ相手はあの高円寺だからな。

「ほ、本当に高円寺くん、なんですか？」

気の抜けた質問に店員さんは間違いないと頷いた。

「シフトリーダーが覚えてたのは金髪で長髪の男の子だったこと。凄く変わった行動をすることが多くて常に上からで偉そうだった。コンビニのガラスに映った自分を見てうっとりしてたり、手鏡で髪をセットしたりしてる子。それから……って特徴を挙げだすとキリがないんだけど、これって高円寺くんって子でしょ？　だって私もよくそんな行動見かけるもの」

それはどう考えても高円寺だ。

似たような人物は現時点で、絶対にこの学校には存在していない。

今後も現れることはないかも知れない。

「間違いなさそう、ですね」

「だな。差し入れた中身も高円寺らしいと言えばらしい。今なら納得がいく」

「……はい」

まだよく状況は呑み込めていないが、納得はするしかない。

店員さんにお礼を言って、コンビニから立ち去る。

外に出た後もみーちゃんはボーっとしていて、頭が回っていない様子だった。

「高円寺くんが……？　どうしてでしょうか」

「さあ。全く説明がつかないな。ある意味理由が一番分からない相手が正体だった」

「どうしよう……」

お礼について迷っているのか、それとも高円寺だからもうわけがわからないままか。

「だがまあ、高円寺ならお礼せずスルーしてもいいんじゃないか？」

「え、えぇっ⁉　だ、ダメですよそれはっ！」

「ダメか」

「だって……クラスメイト、ですし。差し入れには結構な金額、かかってます」

高円寺は大量のプライベートポイントの保持者だが、お金はお金だ。

律義な性格のみーちゃんには、やはり無視することは出来なかったか。

「お礼の品を買いに行こうと思います。差し入れた金額と同等くらいでしょうか？」

「それはやり過ぎだ。半分くらいでいいと思う」

善意？の差し入れだし、お礼の気持ちが伝わればそれで十分だろう。

「わ、分かりました。そうしようと思います」

「じゃあ後は頑張ってお礼をしてくれ」

　ここでお別れだな、とオレは1人で歩き出そうとしたが――。

「……一緒に、行きませんか？」

「え？」

「その、高円寺くんのところ」

「どうして、と聞き返すのは流石にアレだな。だが、オレがいるのは変だろ」

　心細いみーちゃんをカバーしてやりたい気持ちはあるものの、やはり不自然だ。

　それに高円寺が差し入れてくれた理由が分かっていない。

「もしオレが言った例が当たってたら嫌な感じにならないか？　いくら恵と付き合っているると言っても好きな子の横に男がついてたら思うことがあるかも知れない」

「でも相手は高円寺くん、ですよ？」

「高円寺だって普通の男子高校生……普通の男子高校生……じゃないな」

　万が一オレの存在に動揺するようなら、それはそれで見てみたい気もする。

「まあ、じゃあとりあえず一緒に行こうか。状況によっては、高円寺に会った後に離脱するかも知れないことは許してくれ」

　オレがいることで嫌がられることは、十分に考えられるしな。

「分かりました。それでお願いします」

それ以上は望めないとみーちゃんも理解していて、快諾し頷いた。

「いつにする？」

そうオレに問われたみーちゃんは携帯を右手で取り出しカレンダーを開く。

落ち着かないのか、時折髪を結んでいるヘアゴム付近を軽く左手で触っていた。

「急な話なのですが、明日の早い時間でもいいでしょうか？　変に時間を空けてしまうと気になって眠れないかなって……」

夜中、ベッドの上で高円寺のことをあれこれ想像するのは酷だろうしな。

明日は恵とのデートが朝から入っているが、調整すれば何とかなるだろう。

「今日はありがとうございました。明日もありますが、ひとまず感謝です」

そう言い、丁寧に頭を下げる。

解決したら別途お礼もさせてほしいと言われたが必要ないと断りはしておいた。

2

そして翌日の土曜日朝。午前11時半前。

みーちゃんと寮のロビーで待ち合わせをしていたオレはソファーで待っていた。

金曜日の夜こっそりとオレの部屋に泊まりに来ていて、朝方まで一緒に過ごしていた恵はぐっすりと眠っている。本来は朝からの約束だったデートを午後に変更するための夜更かし措置だ。

　設置されているモニターからエレベーターで降りて来るみーちゃんが見えたので、深く腰掛けていたソファーから立ち上がった。

「おはよう」

「おはようございます、綾小路（あやのこうじ）くん」

　手には昨日のうちに買ったと思われるお礼の品が、紙袋に入れられ握られている。

「それで？　高円寺とはどこで待ち合わせしてるんだ？」

「えっ？」

「え？　いや、今から高円寺に会うんだよな？」

「ですね」

「だから高円寺とは待ち合わせをしてるんだろ？」

「……して、ない、です……」

　そう返答したみーちゃんとオレの周囲の空気が固まる。そして沈黙、時間が流れる。だがいつまでも沈黙しているわけにも行かないので、こちらから時の流れを動かす。

「つまり高円寺は今日のことを何も知らないと」

　コクリと頷いたみーちゃんは、何故（なぜ）か泣きそうな顔になっていた。

「あ、当たり前のこと、でしたよねっ。私そこまで、その、緊張とか、そういうのとかで全然頭が回ってなくて。高円寺くんの連絡先も知らないし、綾小路くんが手配して、くれるのかな、って、勝手に解釈して……すみませんっっっ！」

話しているうちに我慢できなくなったのか、泣いてしまったみーちゃん。

幸いにもロビーには誰もいなかったが、誰かに見られると大変だ。

「とりあえず落ち着いた方がいい。オレも高円寺と連絡し合うような仲じゃないが当てがないわけじゃないからな」

「そ、そうなん、ですか？」

確実性があるわけじゃないが、結構な高確率で会う方法がある。

「多分この時間なら、高円寺はジムにいるんじゃないかと思う」

「……ジム、ですか？　ケヤキモールの2階にある？」

「ああ。オレも最近通い出したからな、高円寺は土日の午前中はよく顔を出すんだ」

明るい展望が見えたことで落ち着きを取り戻したみーちゃんとケヤキモールに向かう。

そして昼になるとトレーニングを終えて出ていく姿を何度か目撃している。

その途中、まだ少しだけ目が赤いみーちゃんを横目に見て思う。勉強もできるし、大人しい性格だが、その反面自分の予想を超える出来事には非常に弱く脆い。

けして珍しいタイプというわけじゃなく、多くはないがどこにでもいそうな女子高生。

だからこそ高円寺との接点は気になるところだ。

好き嫌いは別として、客観的に見てみーちゃんの容姿は平均より優れている。

高円寺の好みに偶然ヒットして、密かな好意を寄せられているのだろうか。

しかし高円寺が好みの女性に対し大人しくしていそうな印象は全くない。

むしろクラスに意中の相手がいるならば積極的にアピールしてきそうなものだ。

自分に絶対の自信を持っている男が、好きな女性に声をかけられない、それは間違いなく矛盾。認めれば高円寺には絶対の自信がないことの証明にもなってしまう。

――とも言い切れないか。

考え方は十人十色。あえて好きな女性に対しては距離を空けて愛でることを良しとしている、などと高円寺が言い出す可能性もある。色々と考えてはみたが、やはり結論はただ1つだけになりそうだ。

高円寺の思考を読もうとするだけ時間を無駄にする。

結局直接会って、その真意を本人の口から聞き出さない限り分からない。

既に開店しているケヤキモールに入り、寄り道もせず2階へ。

それからみーちゃんをジムの前に待たせ、室内の様子を確認することに。

「やっぱりいた」

思った通り高円寺はトレーニングをしているところだった。

ベンチプレスに取り組んでいるようで、恐らくそれで終わりだろう。

高円寺は必ず最後にベンチプレスをしてからジムを出ていくからな。

既に疲れているはずなのに、200キロの大台を良い汗流しながら笑顔でこなしている。

果たして高校2年生であれを平然とやれる人間が他に存在するだろうか。

ともかく終了間際だ。この後シャワーを浴びて出てくることは間違い無いだろう。

変に姿を目撃されるのも厄介なので、すぐにトレーニングルームを出る。

その後ジム職員の秋山さんに声をかけられ、軽く挨拶してジムを後に。

真嶋先生との例の約束もあるが、今日のところはスルーしていいだろう。

「どうでしたか？」

「あと2、30分くらいで出てくると思う。問題なければここで待とうか」

「は、はいっ」

それからオレたちはジムの入口に近いベンチに座って、その時を待つ。

「…………」

「…………」

特に会話もなく、ただケヤキモール内を流れる音楽に耳を傾けていた。

「ちょっとだけ緊張してきました」

時間が近づくにつれて、いよいよその時、を実感してきたんだろう。

「オレにはこの後の高円寺の対応が全く想像できない」

「私もです」

「ちなみにお礼は何を買ったんだ？」

「あ、えっと、色々悩んだんですがフェイスタオルとハンドタオルにしました」

「それまた……結構な変化球だな」

「そう思われるかも知れませんが、私なりに喜んでもらえそうだと思ってるんです。高円寺くんって日頃、どっちも使ってるところを見るんですよ」

「そうなのか。手鏡は知ってたがそれは知らなかった」

「はい。高級オーガニックタオルなら、受け取って頂けるかな、と。あ……」

「予算高いだろ」

「う……は、はい。すみません……」

安くていいというオレのアドバイスを、どうやらみーちゃんは守れなかったらしい。

「幾らしたんだ？」

「その……12000円くらい、です」

差し入れの総額と同じかちょっとオーバーってところか。

人のことにとやかく言う資格は無いが、みーちゃんの性格上十分考えられた事態だ。

「いいけどな。喜んでくれるといいな、高円寺が」

「はい。助けられたお礼は、ちゃんとしなきゃですから」

緊張や動揺ばかりの昨日今日だが、そんなみーちゃんが力強くそう答えた。

結果的には、予算オーバーしてでも納得の行くお礼品を選べて正解だったかもな。

予想がやや外れ最終的に40分近く待った頃、高円寺がジムから出てくる。

「で、出てきましたっ」

視線から高円寺はオレたちにすぐ気が付いたと思われるが、特に表情も変えず、また声をかけてくることもなく横切って行こうとする。興味の対象外、そんな様子だ。

とてもみーちゃんに好意を抱いているような様子にも見えないし、また差し入れをして陰ながら支えていた印象すら抱けない。

しかしコンビニの店員による証言から、99％高円寺であることは分かっている。

それならば、実際のところを本人に確かめるしかない。

ベンチから慌てて立ち上がったみーちゃんが高円寺を追いかける。

「あ、あの高円寺くん！　ちょっとだけお時間いいですか！」

背後からそう叫ぶと、高円寺は足を止めて優雅に振り返った。

「私に何か用かな、ワンガール」

「え、わ、わんが？」

多分みーちゃんの本名である王美雨の王を取ってガールと付けたんだろうが、この世で高円寺しか呼びそうにない呼び方をしてきたので、戸惑うのも無理はない。

みーちゃんは理解できてないようだったが、喉を鳴らして気持ちを整える。

両手で身体の前に持っている紙袋の取っ手部分を強く握りしめるみーちゃん。

「実はお話があります。少しだけお時間よろしいでしょうか」

そんな高円寺に、大きくはない声量だが懸命さを感じる丁寧な言葉をかけた。

一瞬だけ考える素振りを見せる高円寺だったが、ビッと腕を挙げると首を振る。

「すまないが今はちょっと急いでいるのでね。また後にしてくれたまえ。ハッハッハ」

そうこちらに向かい笑って答えると、再び背を向け歩き出してしまった。

「あ、あわわ……」

物事を律義に計算に入れているタイプと思われるみーちゃんはここで高円寺に断られると思っていなかったのか、明らかに動揺した。オレも驚いたというか何というか。

「どど、どうすればいいでしょうか……？」

「出直すか？」

「ううう、折角勇気を出したのに……出直したら立ち直れないかもですっ」

確かにみーちゃんがまた高円寺に同じシチュエーションを持ち掛けるのはハードルが高そうだ。だとすれば、今日何とかするしかない。

「だったら高円寺の後をついていくしかないだろうな」

「だけどそれって凄く迷惑なことでは……」

「普通はな。でも出直せないなら、迷惑でも行くしかないんじゃないか？」

迷惑が服を着て歩いているような相手になら、気にしないでいい気もしている。

「どうする。見失ったら諦めるしかない」

「どう、しましょう……」

決断しきれないようで、一歩踏み出そうとしたり引っ込めたりを繰り返す。

その様子からついて行きたい気持ちが先行していることは明らかだったので、ここは今まで通りこちらが主導してやった方がいいか。

「後を追って注意されたらオレの責任だ。行くぞ」

「は、はいっ。尾行ですねっ！」

　ということで、オレたちは高円寺（こうえんじ）の後を追うことにした。しかも尾行で。

　隠れて追いかける必要性は無いと思ったが、みーちゃんがやる気になっていたので余計なことは言わないでおこう。エスカレーターを高円寺が降りて、歩いていく方角を確かめつつ、オレは後ろにみーちゃんを回し階段を使ってゆっくりと降りていく。その間も高円寺は長い足でどんどんとモール内の奥へ進む。

「急がなくていいんですか？　見失っちゃいます」

「見失うくらいで丁度いいんだ」

　誰もが、日々利用するケヤキモール。大半は生徒たちの頭に地図が入っている。

　高円寺の進む先には幾つかのショップが当然あるが、どの店もフロアに奥行きがあるわけではなく覗（のぞ）き込（こ）めばすぐに来店客を確認できる。更に突き当たりは開けたカフェエリアになっており、途中何か所か用意されている出口を利用されない限り見失う心配は無用だ。

　その出口に関しても、帰るなら逆方向に元来た道を戻った方が早い。

　特定の出口を使わないといけないケースは、確率としてはそう高くないからな。

　階段を下り切ったところで、小さくなった高円寺の背中が視界に入った。

「どうやら目的地はカフェのようだな。分かりやすくて助かる」

「で、ですね」

高円寺が注文を終えて手にカップを持っていることを遠目に確認した後、近づいていくと2人席に腰かける高円寺と、1人の女子生徒を見かけた。

「あれって……誰でしょうか？」

「3年Bクラスの榎嶋翠子(えのしまみどりこ)だな」

「お知り合いですか？」

「OAAで見たことがあるだけだ。よし、もっと距離を詰めよう」

「でもこのままだと高円寺くんの視界に入ってしまうのでは？」

「というか、一応ここまでは尾行っぽくしてきたが別に必要ないんじゃないか？」

高円寺の予定が終わるまで近くで待たせてもらった、くらいが丁度いいはず。

隠れて1人になるのを見計らっていたという方が、明らかに心証が悪い。

別にどんな話をしているかなんて興味もないわけで。

「この際なので、ちょっと高円寺くんが普段どんな話をしているのか知りたいです」

ところがみーちゃんは変なスイッチが入っているのか、見つかりたくはないらしい。

「盗み聞きすると？」

「わ、悪いことだとは思いますが……私に差し入れしてくれたことを素直に話してくれるかは分かりませんし、何かヒントがあるかも知れませんっ」

いや、全く無関係と思われる榎嶋との会話にヒントは転がっていないと思うが……。

「尾行、続けましょうっ」

「それでみーちゃんが納得できるなら異論はないけどな。それならこっちから行こう」

高円寺は榎嶋と談笑をしているため、周囲に気を配ってはいないだろうが、視界に入れば絶対とは言えない。オレとみーちゃんは脇の出口から一度モールを出て反対側からの入店を狙う。

回り込むのに数分を要するものの、高円寺は飲み物を買ったばかりで、しばらくは滞在していると見たからだ。

ところが———。

回り込んでモール内に戻りカフェに到着すると、そこには高円寺の姿はなかった。

榎嶋が1人、携帯を触りながら滞在し続けているだけ。

「お手洗いでしょうか？」

「……いや。高円寺のドリンクがない、それはないだろう。短い時間の間に榎嶋との用事を済ませて立ち去ってしまったかも知れない」

「そんな……じゃあ今日はもう会えないってことでしょうか？」

「一瞬そうかも知れないと思ったが、どうやら焦る必要はなさそうだ」

オレたちは堂々と姿を見せて元来た道を戻っていく高円寺の姿を見つけた。

「高円寺くん！」

「おや？　ワンガールに綾小路ボーイ。また私を追いかけて来たのかね？　やれやれ人気者は大変だ。フフフフフ」

　盛大な勘違いだが、とにかく高円寺の用事は終わったと思っていいだろう。

「お時間いいですかっ」

　慌てて追いかけていた分緊張して口ごもる暇もないため、みーちゃんはスムーズにそう切り出せていた。購入したカップが手元にないのは、早々に飲み切ったからだろうか。

「構わないよ。私用は思いの外早く終わったからねぇ」

　上級生の榎嶋と数分間会っていただけ。何を話していたかは想像もつかない。

「私が学校を休んでいる間、扉の前にコンビニで買ったものを置いてくれていたのは高円寺くんなんですか……？」

　ずっと探していた支援者。その存在に理由を確かめる。果たして高円寺は素直に認めるのか、驚き戸惑うのか。それとも否定するのか――。

「私が差し入れをさせてもらったよ。しかしそれがどうかしたのかな？」

　躊躇ったり嘘をついたり、そんな様子は1ミリも見せることなく肯定した高円寺。

　予想の斜め上を行くこの男らしい、まさにそんな態度だ。

「え、えと、その、どうして……ですか？」

「どうして？　困っている者がいれば助ける、君はそういう人間ではないのかな？」

「……へ？」

　ごもっともな返しに、みーちゃんが言葉を詰まらせる。

「私の答えに納得がいったなら、もう帰っても構わないかな？」

みーちゃんはその言葉に何も返すことが出来ないようだった。

「待ってくれ。関係ないオレが口を挟むのもなんだが、引っかかることがある。確かに困っている人間がいれば助けるのは人としての自然な行動だ。ただ、言っちゃ悪いが高円寺(こうえんじ)の日頃の様子を見ていると、誰も彼も助けているわけじゃないよな。なのにみーちゃんだけは助けた。気まぐれというには回数も多いし、何か特別な理由があると思ったんだが」

探るように、そして曖昧な表現を含めつつ突いてみる。

「君らしい言葉選びだ綾小路(あやのこうじ)ボーイ。私に気まぐれだ、で片付けられないように先回りしてワードをチョイスしたようだねぇ。まあ確かに私がワンガールを助けたのは気まぐれじゃない。私は偽善は嫌いさ。しかし義を軽んじるわけではない。偽りなき恩を受けたと感じればそれを返すのは当然のことと考えている。それだけのことだよ」

なんだか格好(かっこ)いいことを言っている気はするが、当然のことみーちゃんは何が何だか分かっていないようだった。未(いま)だにフリーズしている。

ただ1つ確かなのは、まさかの恋愛感情、的なものとはやはり違うであろうこと。

「もういいかな?」

高円寺がそう言うとずっと停止していたみーちゃんの時が動き出した。

「……私、高円寺くんに何かしたこと……恩なんてないと思うのですが。今のお話だと、私が以前に高円寺くんを助けた……と取れると思うのです」

申し訳なさそうに、だが確かに理解したうえで質問すると、高円寺はゆっくりと髪をかきあげた。

「フッフッフ」

そして愉快そうに笑う。

「だからこそ、それは偽善ではなく善さ。ただ思い出す必要もない些細なことなのだよ」

つまり解釈すればこういうことか。高円寺は以前みーちゃんに何かで助けられた。そしてそれは偽善から来るものではなく自然な善意による助け。だからこそ日頃からみーちゃんに対しては割と高円寺らしからぬ面倒見の良い行動をしていた。今回学校を休んでしまった時も、その善意のお返しとして助けていた――ということ。

「私は全く覚えていませんが……と、とりあえずこれは受け取ってください」

そう言って買い物したお礼の品、タオルのセットが入った紙袋を突き出した。

「それは不要さ。お礼を貰うことじゃないと思っているからねぇ」

「う……。これが気に入らないなら受け取ってもらえないのは仕方ないです。でもそれなら、せめてお金を払わせてくれませんか？　差し入れて頂いた代金だって安くありません」

「生憎と今の私はお金にも困っていないものでね。いらないよ」

その発言には違和感を覚える。

確かに普通の生徒が聞けば、特に引っかかる部分ではないだろう。

無人島試験で荒稼ぎした高円寺は大金を持っていると考えるのが普通だ。

だが、高円寺は浪費家のイメージが強い。

以前、自身でも宵越しの銭を持たない主義だと口にしていたからな。

もちろん今は節約していると言われればそれまでだが、この間大きなテレビを買っているところを目撃したことも踏まえ散財は続いている可能性がある。

単純にみーちゃんからポイントを受け取らないための嘘、方便だろうか。

「で、でもそれだと困ります！　その……申し訳ない気持ち、消えません……。それならせめて、私が高円寺くんにしたことを教えてもらえませんか」

「やれやれ。君は随分と難儀な性格をしているようだねぇ。言っただろう？　思い出す必要もない些細なことだと。それ以上でもそれ以下でもない語るまでもないことなのさ」

みーちゃんはこれ以上高円寺に声をかける術がないと思ったようだ。

どこかしゅんとした様子ながらも、改めて高円寺に頭だけは下げる。

「もういい加減解放してもらってもいいね？」

「は、はい」

「悪いがオレが個人的に聞かせてもらいたいことが出来た」

「男にモテたいとは思わないのだが、君も詮索好きだねぇ」

「重要なことだ。恩義を感じれば今後クラスに協力する可能性はあるということか？」

「ナンセンスだねぇ綾小路ボーイ。クラスが勝つために私が必要で、そのために私に対して善意の行いをする。それは偽善になってしまうのだよ、分かるだろう？」

見返りを狙った行為を素直な善意とは受け取らない。当然は当然か。

「この学校のルールの下で生活する限り、善意は生まれない。違うかな？」

「かもな」

「もう分かっているはずさ。どんな手段を用いても私を味方にすることは出来ないと」

「確かにな。これまで何度模索しても完全な協力をさせる方法は浮かばなかった」

「そうだろうねえ。私は卒業まで変わらない、卒業後も変わらない。周囲がどれだけ浅知恵を絞ろうとも私の心には届かないし響かない。それには当然君も含まれている」

「なら今回のような特別試験はどうする。堀北がプロテクトしない方針を選んだら？　約束を反故にする可能性だって0だとは言い切れない。後になって喚いても退学を避けられないことだってある」

　脅しをかけて、無理やり手伝わせるように舵を切ることだって出来るからな。

「自分の身を守るのはいつだって私自身。それ以上でもそれ以下でもないのさ」

「それなら話は早いな。堀北にはおまえを守る必要はないと伝えさせてもらう」

　つまり、プロテクトされなくても乗り切れる自信があるということ。

　クラスの中で1人、守る必要がない生徒が生まれるだけで優位になる。

　無論堀北は信頼を裏切る真似はしないだろうけどな。

「好きにしたまえ。どちらにせよ私に見返りを求める恩を売ったところで返らぬよ」

　どう足掻いても使い物にならない置物と化した高円寺。

　それなら、オレが場をコントロールして高円寺を除外することも出来る、か。

高円寺は優れた能力を持つが、その存在は諸刃の剣。

特別試験の内容次第では今後も堀北が足を引っ張られる恐れがある。

もしオレがクラスのリーダーであれば、ハッキリ言って高円寺の存在は余分だ。

無人島での約束事は堀北との間に交わされたもので、第三者には関係がない。

手土産として、今のうちに切り捨ててやるのも1つの手になってくるが——。

「しかし、だ」

高円寺は先ほどまでの飄々とした様子から一転、視線だけは鋭く変化していた。

「私を排除しようと『誰か』が画策するのなら、その時は覚悟をしてもらわないとねぇ」

こちらの思考を読んだ、いや野性の直感か。

「覚悟か。どう対処するんだかな」

「それは蓋を開けてみてのお楽しみだよ」

その特定の誰かに攻撃を仕掛ける、というような安直なことではないだろう。

クラスの地位を揺るがすような行動をすると見ておいた方がいい。

「その蓋を君が開けてみるかね？　もっとも、君の君自身への過大評価を正すことになるが」

「生憎とそんな気はないな。クラスのリーダーは堀北だ」

「そうかね。この後はまたデーツがあるので、そろそろ帰らせてもらうよ」

わざわざデートをデーツと変な言い回しをした意図は分からないが、これ以上高円寺と話すことはないだろう。

長い間同じクラスで高円寺を見てきたが、本当に変わり者だ。

試練ではあるものの、この男を抱えた上で勝つくらいでなければならないのも事実だ。

「あ、あの……綾小路くん」

「悪い。珍しい話を高円寺から聞けた分、ちょっと色々と聞き出しておきたかったんだ」

放置してしまっていたみーちゃんに軽く謝罪する。

「それはいいんですが……その……」

「なんだ？」

「い、いえ、やっぱり何でもないです」

オレが高円寺に半ば脅迫を含んだ言い回しもしたからな。その辺がみーちゃんにとってちょっと引っかかってしまったのかも知れない。

○アドバイス

差し入れ人の正体も分かった休日を過ごし、明けた週末。

月曜日、火曜日と過ぎ去るも、堀北から相談を持ち掛けられることはなかった。

そして早くも明後日に特別試験を控えた水曜日の放課後。

思いがけないことをある男が言い出した。

「ヤバイ……俺、とんでもない戦略思い付いたかも……勝てる戦略……！」

ガタリと椅子を引いて、机に勢いよく手をついた池が立ち上がった。

まだ全員がクラスに残っているため、当然大きく注目を集める。

ただし期待を含んだ眼差しなどは一切なく、むしろ懐疑的な目ばかり。

「え、えぇっ？　寛治が？　まさかぁ」

彼女である篠原が一番驚き、そして一番あり得ないとリアクションを取る。

「いやマジだって。あぁでも待ってくれ、ちょっと再計算するから……」

そう言って指を折り始めた池。

だが指だけでは計算しきれないのか、いそいそと携帯を取り出した。

四苦八苦しながらも、その計算とやらを進めていく。

無情なのは、その間にもパラパラとクラスメイトたちが帰っていくことだ。

突発的な思い付きなど当てにならないと判断しての行動だろう。

しかし人が捌けていくことなど気付きもせず、再確認を終えたのか池が頷いた。

「間違いない！　これ勝てちゃうぞ!?　話してもいいか!?」

「池くん。一応真面目に応対するけれど、この場で戦略の話は避けたいの。分かる？」

「あ、あぁそうか。俺の完璧すぎる作戦が漏れたら大変だもんな……！」

「堀北さん、いつもの場所に移動したら？」

そう声をかけたのは洋介で、どうやら堀北とは密に話し合いを続けているようだ。

その一面が会話から読み取れただけでも収穫。

当たり前と言えば当たり前だが、ちゃんと特別試験に向け動いているな。

「そうね。興味のある人はこれからついてきて。ただし人数が多すぎると面倒だからここで挙手してもらえる？」

篠原は一応手を挙げ、そこに本堂と宮本も手を挙げたがそれだけ。

それだけ池の思い付きには誰も期待していないらしい。

個人的にどんな戦略なのか興味が湧いたオレは、一応手を挙げることにした。

「あなたも？　どういう風の吹き回し？　ちゃんとした理由があるの？」

先に手を挙げた3人は池の親しい友人ともあって特に気にしなかったようだが、オレに対しては理由を求めてきた。

「気になっちゃいけないか？　池が自信満々に勝てる戦略と言ったんだ。聞きたいだろ」

「……そう。それなら構わないわ。今日は特に集まる予定も入っていなかったし」

そんなやり取りを耳にしつつ、6人で移動を始める。学校を出て、その足でケヤキモールに向かうと到着したのはカラオケ。やはり内密に話をするのに向いている。

スナックにドリンクバーもありつつ安価。利用しない手はない手堅い場所だ。

「さつきはいつものでいいのか？」

「うん。寛治もだよね？」

池と篠原はこれでもかと互いの身を寄せ合って、両者知り尽くしている会話でメニュー表を見て話し合っている。

「なあ堀北」

「何」

「カラオケに来て歌うも歌わないのも自由だがワンドリンクは必須というのは、真面目に考えるとちょっと混乱しそうだよな。ここは一応歌を歌うための施設だ」

「え？　確かにそうかも知れないけれど……変なこと気にするのねあなたって」

「バッカだな綾小路。ワンドリンク制だからに決まってるだろー？」

こちらの話を聞いていた池が、そう上から教えてくれる。

ネタとして言っただけなのだが、そんな池にうっとりしている篠原の眼差しから色を奪いたいわけではないので言わせておく。

オレは端末を手に取って、今どんな曲が流行っているのかランキングを見る。

「……なるほど」

さっぱり分からない。

いや、中にはタイトルを見て分かる曲もあるにはあるが、分からない曲の方が多い。

今は日本とは違うアジア圏の曲が結構流行っているようでランキングに数曲入っているようだ。楽曲センスはかなりハイレベルらしいな。

「後はあなたの注文だけよ綾小路くん」

ランキングを眺めている間に、他は注文が終わったらしい。

「じゃあ梅こんぶ茶で」

堀北が全員の注文を終え、とりあえず運ばれてくるのを待つことに。

まあ話し合いをしている最中で出入りをされるのは極力避けたいところだしな。

店員に聞かれる分にはいいが、外部に万が一にも漏れる事態は避けたい。

その後数分経ち、全員が頼んだ飲み物が運ばれてきた。

「それじゃ、早速聞かせてもら——」

聞く側に徹するか。オレは届いたばかりの梅こんぶ茶を手に取って口元に運ぶ。

「熱っ……あ、悪い。続けてくれ」

全員の白けるような視線がこちらを貫いてきたので、謝罪して顔を背けた。

舌先がひりひりと痺れるように熱くなるほどの高温だ。気をつけて飲まないとな。

「こほんっ。池くんのアイデアを聞かせてもらおうかしら」

ほとんどが相手にもしない池の話に、リーダーとして一応真面目に向き合う。

その表情には遊びの要素はなく池の顔も僅かに強張った。

「んじゃ本題に入るけどさ、もしも絶対にクラスが68点取れるとしたら？　それって十分に勝ち目ってあるって考えてもいいよな？」

一度篠原を見てウインクした池が、何とも面白いことを言い出した。

「68点？　68点なら確かに十分勝機はあると思うけれど、随分と具体的な点数ね」

今回の特別試験は課題の中身が見えない不透明さによって各クラスが何点は取るだろうという予測が立てられない。なのに池の口ぶりでは68点取れると言っている。そこに堀北が強い違和感を抱いた。手応えを感じた池は、自ら頼んだ炭酸ジュースを一気に半分ほど飲み干して喉を潤した後、思いついた案を話し始める。

「俺の戦略なら確実に68点取れるんだ。その方法はズバリ！　試験開始時点で仮病を使うんだよ。俺たちのクラスは人数が38人。だからリーダーと防御する5人だけ残して、あとは32人全員脱落させるんだ」

「はあ？　なんだそれ。そんなことしたら開幕で32点もめっちゃマイナスになるじゃんか。おまえルールすら理解してないんじゃゃ？」

本堂がすぐにあーあと呆れて両手をソファーにつき天井を見た。

だが堀北は真面目に聞いている。当然だ。32人の脱落に68点の保証。

足して100点になることが偶然なわけがない。

「いいんだよそれで。脱落した分の32点引かれても68点は絶対に貰えるんだからさ」

何を言っているんだ？　と本堂と宮本が困惑する。

篠原は既に戦略を事前に聞いているのか、笑みを浮かべていた。

「いやだってさ、相手が指名できる生徒は5人だけだろ？　で、プロテクトは毎回5人守れる。だけどこっちには指名する生徒は5人しか残ってないいんだぜ？」

「あ――」

本堂よりも先に宮本の理解が追い付き、声を洩らす。

「だから戦う20ターン全部5得点貰えるから、パーフェクトになるじゃん？」

池にしては面白い着眼点で、そんな発想ができるとは思ってもみなかった。

「しかも！　誰も試験に向けて勉強する必要すらない！　悪くないアイデアっしょ!?」

「で、でもさ、32人も仮病なんて学校が認めてくれるか？　いやいや、不自然っしょ」

池とは思えない理に適った戦略に困惑した本堂が、穴を突こうと異を唱える。

「どう考えても悪だくみしてるみたいだよ、なあ」

宮本からも懐疑的な意見が出てくる。確かに試験当日、クラスの32名が同時に体調を崩す。まともな思考なら無茶苦茶な戦略にも見えるものだ。

「仮病を使うこと。ルール的にはかなりグレーだけれど、恐らく学校側は不自然でも止められないでしょうね。仮病だと証明することは誰にも出来ないもの」

体調不良が偶然32人も出ることは通常では考えられない。

よって仮病だと99％学校側も察知するが、それでも絶対じゃない。

となれば認めるしかないだろう。

体調不良が出ても脱落者扱いにしかしない、と明記されていた。

何人以上は体調不良の生徒を出してはいけないなど制限も設けられていない。

「あなたにしては上出来なアイデア。確かに高いアベレージを残せる戦略と言えるわね」

「な？　な？　この方法どうよ！」

思いがけない堀北の評価を受けて難色を示した本堂たちも認め始める。

「絶対に68点取れる戦略……いや、結構凄いんじゃね？」

「私も寛治に聞かされてびっくりしたんだよね。良いアイデアだよね？」

確実に68点を獲得できる部分に強く着目しているが、メリットは他にもある。

この戦略には実力、運、事前準備といったものが一切必要ないということだ。試験開始前なら即日実行できて、他クラスも絶対に妨害が出来ず68点確保の阻止ができない。

更に万が一最下位に沈んで敗北してしまっても、32人の中から自由に退学者を選べるため、能力の低い生徒を切り捨てやすいという面も内包している。実現させるのは困難だろうが、予め退学者を何らかの方法で決めて承諾を得ておけば事後処理もスムーズだ。

プロテクトポイント保持者を脱落者にしておけば退学者のリスクも0に出来る。

一見悪くはない池のアイデアなのだが、この案が採用されることはけしてないだろう。

「もし今回、特別試験に『あるルール』が無ければ、採用案の1つとして残ったかも知れないわね」

池の面白いアイデアも、そのルールによって厳しいものになると堀北は答えた。

どうやら何が大きな足枷となるか、話を聞いた段階で堀北にも見えていたようだ。

「な、なんでだよ。いや、絶対採用してくれとかじゃないんだけどさ……」

自分のアイデアが一番良いのではないか。

そんな自信から生まれたものだけに、池は食い下がるように理由を求めた。

「仮に龍園くんのクラスが、開幕してすぐその戦略を取って来たとしましょう」

堀北は仮想敵が池の戦略を取るとして話を始める。

「彼のクラスからは退学者が1人出たけれど葛城くんが加入したことで現在40人。リーダーと5人を残せば脱落者は34人。つまり66点を確実に稼ぐことになる。当然悪くない得点だけれど、言い換えればそれ以上は絶対に取れない。残る3クラスが67点以上を獲得すると『絶対に勝てない』戦略になってしまうのよ」

既に切るべき人材を切ってしまっている時点で、自軍の得点を増やす方法は皆無。

攻撃側として、相手がミスを続けてくれることを祈るだけしかなくなる。

「そ、そりゃそうだけどさ。3クラスが67点以上の点が取れる保証なんてどこにもないよな？　最下位のリスクもあるかもしんないけど、1位獲る確率の方が高いんじゃ？」

「いいえ。十中八九、その戦略を取った龍園くんのクラスは最下位に沈むわ」

「……なんで？　難易度がどうなのかは本番まで分かんないだろ？　なら――」

最下位がほぼ確定してしまうことの意味が理解できない池。

「いい？　仮病を使って大量の脱落者を出す戦略を実行するなら、当然1ターン目に行動する。2ターン目以降にずらして実行するメリットは薄いからよ」

先延ばしにすればするほど確保できる上限の得点は減るリスクが高いからな。

「しかもこの戦略は目立つ。すぐに3クラスに知れ渡る。その戦略を目の当たりにした私たちのクラス状況を思い浮かべてみて。しまった、良い手を使われた。となるかしら？」

「な、なる……んじゃないの？」

「いいえ。その逆よ。むしろその戦略を打ってくれれば3クラスは一気に楽になる」

そう言い、堀北は自らの横に置いていた携帯を手に取ってそれを見せる。

「携帯……？　あ、試験中は使えるんだっけか」

「ええ。だから狙いが見えた瞬間、これを使って協力し合えばいい。龍園くんのクラスが66点までしか取れないのなら、3クラスで連携を取ってそれ以上を目指そうと。負けるクラスが現れてくれたと判断すれば、一之瀬さんや坂柳さんも前向きに検討するはず」

「待ってくれよ。よく分からないんだけど、組まれると負けちゃうわけ？」

「負けるわね。誰を指名するか、誰をプロテクトするか。このやり取りをするだけで龍園くんのクラスに狙われる2クラスも50点は確実。つまりあと17点稼ぐだけ。今回のルールでは得点を使用して難易度を上げることが出来るけれど、逆に得点が0以下の時には平均的な難易度でしか相手を狙えない。となると17点以上取るのは難しくないでしょうね」

正解率で言えば34％以上であればいい。幾ら課題の中身が不透明でも、相当下振れない限りは安全圏。しかもここにプロテクト要素も加わるため、実際に求められる正解率はもう少し低くても大丈夫だろう。

絶対に取れる66点。

それはメリットと同時に大きなデメリットを内包している。

後の状況変化に圧倒的に弱い戦略であること。

開始直後に脱落者34名のマイナスを付与された龍園クラスがプラスに転じるのは7ターン目の防御終了後から。相手を攻撃しようと高難度を選べば、当然自分たちの最終的に得られる点数は65点、64点と都度減少していく。

「66点に賭けて勝利を狙うのと、10ターンのうちに自力で17点以上取れば勝利なら、どちらが優位かはもうわかったんじゃないかしら」

説明を聞き終えて、最初は有頂天だった池がどん底に落とされたように肩を落とす。

「くっそー！　これなら勝てると思ったのに！　集まってもらったのに悪い！」

思いの外激しく落胆してしまった池に、堀北は少しだけ焦る。

「何も謝ることはないわ。池くんの戦略はちゃんと考えられたものだった。話を聞く前から絶対に間違いなく役立たないと決めつけていたことを謝罪させてほしい」

「え、あ、おう……なんか嬉しいような、ちょっと複雑なような……」

「あなたの戦略は勝ち目のあるもの。対策を強いられた3クラスが協力関係を結べなければその分勝率は上がるでしょうし、徒党を組まれたとしても勝てる可能性は一応残る。全体能力が低いクラスなら、その戦略に一縷の望みを託すのも悪くないもの。でも、私は今のクラスにはその手に頼らなくても戦えるだけの力があると考えている」

だから池の考えた立派な戦略を採用しないのだと、堀北は語る。

「それともう1つあなたは良いことを私に教えてくれたわ」

「良いこと……?」

「この特別試験は、手を組まれたらとても厄介になる。改めてそれが浮き彫りになった」

攻防が前後半で反転するということは、双方のクラスが互いに攻撃、防御をし合うということ。互いに殴り合う。ならその2クラス間で協力を結べば50点を確実に得られる。

3クラスを巻き込んだ協力となれば満点である100点を取ることも不可能ではない。

無論この方法を他クラスが簡単に受け入れるかは不透明だけどな。

手を取り合うということは、同率でゴールするということ。

あえてサドンデスに持ち込んで決勝戦をするのも手だが、調整は難しいだろう。

今の4クラスのクラスポイント差を考えれば、龍園と一之瀬の下位2クラスは1ポイントでも多くのクラスポイントが欲しい。もちろん堀北のクラスだって、少しでも上の位置につけたいと考えている。Aクラスだけを敵に仕立てることはそう難しいことじゃないが、上の足止めだけでは理想の展開とはお世辞にも言えない。

今回の試験、あくまでも絶対的な勝者は1クラスだけしか選出されないからな。

「よく勇気をもって発言してくれたわね」

「そ、それなら、なんか、うん、良かった。へへ」

堀北に褒められたことが嬉しかったのか、テレたのか池が後頭部を掻いた。

「篠原さんも、本堂くんも宮本くんも。思いついたことがあったら何でも発言してほしい。この場にいないクラスメイトにも改めてそう伝えておいて。もう、最初から否定的な目で見ることはしないと約束するわ」

堀北の言うように思いついたアイデアは出来るだけ口にした方がいい。

完璧であるかどうかは二の次で、こうやって話し合うことが重要だ。

事実、完璧ではなかった池の思い付きだったが、周りに長所短所を指摘されたことで悔しさと同時に納得、理解を深めている。

これだけでも、話し合いを開いたことに一定の意味と意義があったはずだ。

しばらくして池たちは全員、笑顔で談笑しながらカラオケボックスを後にした。

「堀北はこの後どうするんだ？」

「帰るわ。昨日までは毎日、ここで平田くんたちと打ち合わせを繰り返していたのだけれど、1日くらいは休息をということで空き日だったのよ」

そんな日でも、こうしてちゃんと場を設けるのだからそれだけで偉いもんだ。

堀北はカラオケのドリンクは飲み飽きているのか、ほとんど手を付けていない。

まあお世辞にもカフェレベルの品質とは言えないからな。

安く早く、そして沢山飲めるという利点はとても大切だが。

「それにしてもあなたが池くんの話を聞きたがったのには驚いたわ。彼の戦略は面白いものだったけれど、あなたのことだから一度は思い描いたんじゃないの？」

肯定も否定もせず聞き流し、オレは堀北に新しい提案を持ち掛けることにした。

「良かったら少し場所を変えて話さないか？」

「この後も別に予定は入れてないけれど、あなたが話って珍しいわね。もし軽井沢さんとのトラブル関係とかなら、遠慮させてもらいたいところだけれど」

冗談交じりにそんなことを言い、堀北が伝票を持って立ち上がる。

「もしそうだったら、堀北が適任者じゃないことは確かだろうな」

「でしょうね」

「今回の特別試験について、1対1で話をしておきたい」

そう答えると、堀北は目を丸くして驚きを隠そうともしなかった。

「あなたが？　特別試験のことで？」

「驚くことか？」

「私から話を持ち掛けることは多いけれど、あなたからは珍しいんじゃないかしら」

「かもな」

どちらから何回、なんてことを具体的に意識した覚えはないためハッキリとは言えないが、比率で言えば間違いなく堀北の方が高いだろうからな。

「それに私もあなたばかりに頼ってはいられない。だから、今回は変に最初から頼るような真似(まね)はしないようにしていたの」

「別に戦略を授けようって話とも限らない。おまえの考えを聞かせてもらいたいだけだ」

「なるほどね。私が上手(うま)く戦うための準備が出来ているか採点したいと？」

やや怒ったような、困ったような、子供のように分かりやすい態度を見せる。

「嫌か？」

「まさか。そういうことなら断る理由を探す方が難しいわね。どこに移る？」

「カフェにしようか。美味(うま)いコーヒーが飲みたくなった」

梅こんぶ茶も悪くはなかったが、今はちょっとした苦味を口が求めている。

「他人の目と耳が気になると言ったら自意識過剰かしら……」

「大丈夫だ。おまえの心配しているようなことにはしない」

「そう、あなたがそう言うなら問題は何もないわ。それじゃあ早速行きましょうか」

迷わず信じてくれたようで、堀北と共にカラオケボックスを後にした。

1

移動の道中は特に会話をすることもなく、すぐに目的のカフェに到着。

平日だったこともあって比較的空(す)いており席は自由に選べそうだ。

何が飲みたいか堀北に聞いた後に窓際の席を指差し先に座らせておくことに。

カウンターで先に待っていた2人の後ろに並び順番を大人しく待つ。

席についた堀北は、どこか落ち着かない様子でこちらを見ている。

このあとオレにどんな話をされるのか、それが分からず困惑しているのだろう。

戦い方、その方針や考え方、何を優先し何を劣後させるのか。その詳細を知ろうとは思っていない。それはリーダーである堀北に一任したいからだ。

ならオレは何をするのか。何のために堀北と2人きりの時間を作ったのか。

それは堀北に新しい力を授けるため。

少しずつ特別試験が迫って来る中で、託さなければならないと決めていたこと。

心が成長し、成熟期へと入りかけている今だからこそ出来る。

己を知りクラスを知り、そして友を知った。

だからこそ次のステップに進むことが可能になった。

自分の番が来て、ブレンドコーヒーを2つ注文しそれが出来上がるのを受け取り口の近くで待つ。2分ほどで抽出が終わったのか、カップが2つ運ばれてきたので、持ち手を掴んで堀北の待つ場所へと向かった。

「ありがとう。お金は――」

「いい。カラオケ代を払ってもらったからな。一応先日のランチも奢ってもらってるし」

「そう、それなら遠慮なくご馳走に預かるわね」

お互いにまずは熱々だがコクのあるコーヒーをゆっくりと味わう。

ふーっと息を吐いた堀北の横顔には疲れが見て取れる。

平日も休日も関係なく、寝ている時以外は頭を回転させているだろうからな。

「……私の顔に何かついてる？」

隠すこともなく横顔を観察していたのが気に入らなかったのか、睨まれる。

「いや、ふと思っただけなんだが、髪も随分と長くなったんじゃないかと思ってな」

誤魔化すための方便でも、当人が気にしていたことなら結構効果的だ。

自らの指先で髪先に触れて、視線を泳がせる。

「そうね、短くした時から1年近く経っているもの。そう考えるとあっという間ね」

「号泣してたもんな」

「今ここで不幸な事故が起きて、あなたの身体を掴んでからシャツの中に熱いコーヒーを直接流し込んだらどうなるかしら？」

「間違いなく火傷になるし、間違いなく事故じゃなくてそれは故意だよな」

「だってここで思いきり中身をかけようとしたら避けるでしょう？」

以前カラオケで龍園に不意打ちでかけられそうになったオレンジジュースの件は堀北も間近で見てるからな。確実にヒットさせたいなら掴むのが正解だが……。

万が一かけられた時のダメージはオレンジジュースの比じゃないだろう。

「なんで席を移動しようとしてるのよ。私が本気でそんなことするわけないでしょう？

お店に多大な迷惑がかかる行為なんてしないわ」

「クラスメイトに大火傷を負わせる心配の方を優先してくれ」

「全く……あなたって本当に変わった人よね」

「このやり取りのどこにオレが変わってる部分があったんだ。変わり者はそっちだろ」

むしろ変わってる堀北に振り回されてしかなかったはず。

「私は変わり者じゃない。ただちょっと……真面目が違う方向に行く時があるだけ」

解釈次第では十分変わり者だと言えそうだが、もちろん口が裂けても言いません。

「それで？　こんな雑談が目的じゃないんでしょう？　一応特別試験について話をってことだけれど……」

確かにそろそろ本題に入った方が良さそうだな。

「今のところ周りを警戒する必要はなさそうだが、不用意に戦略の中身を口にする必要はないからな。オレが知りたいのはちょっと違う部分。今回の特別試験、おまえがどういう心づもりで戦っていくのかを確認しておきたい」

「……ん。ごめんなさい、少し意図をはかりかねているわ。心づもりって？」

「試験に勝つ。そのために知恵を絞る。そして悩み決断する。それはもう他の誰とでも出来るようになった話だ。日々洋介たちと、時に池たちとするようにな。ここでしたいのは、今はまだオレと堀北の2人きりでしか出来ない話だ。今回の特別試験には退学者の問題が付きまとう。振り返ればすぐに分かるが、満場一致特別試験の時と今、おまえの中にどういう変化が起きているのかを聞かせてほしい」

具体的な過去を引き出したことで、堀北も心づもりの意味を理解する。

「私があなたにしか出来ない話っていうのは間違いじゃなさそうね……」

心の内を曝け出すという行為。

仲間を頼ることは大切だが、リーダーが弱みを見せるのは簡単じゃない。

「私の心づもりが間違っていると思えば、あなたが矯正してくれると見ていいのかしら」

「アドバイスが適切に出来るかどうかは別として、個人的見解を述べるつもりだ」

それならと堀北は姿勢を正してこちらの目を見てきた。

いざ話し始めるのかと思ったが、堀北は目を細めて口元に手をやった。

「怪しいわね」

実際は言葉にするつもりはなかったのか、結構慌てていた。

「ごめんなさい。ちょっと露骨なことを言ったわね」

「そんなに怪しいか？」

「だってあなたが親身になってくれるなんて、ちょっと気持ち悪いと思うでしょう？」

「理解できなくもないが、気持ち悪いは言い過ぎだ」

「それもそうね。ん、ちょっとちゃんとするわ」

そう言って一度姿勢を整える。

「率直に聞く。今回の特別試験で最下位になった時、どうするか決めてるのか？」

退学者を出したくない。

それでも退学者を選ばなければならない。

中身は全く違えど、満場一致特別試験と同じ決断を迫られることもある。

「分かってはいても即答できない問題ね」

「そうだな」

「あの日から、私は繰り返し自問自答し続けている。正しい決断だったと信じつつも、時折申し訳なさと罪悪感に襲われることがある。情けないことだけれど」

視線を斜めに少しだけ下げつつも、そう呟く。

「これから先のことについてはハッキリ決めているとは言えないわ。私だけじゃない、クラスの皆は毎日ちょっとずつ成長している。能力だけで序列をつけるにしても、上下していくものだから」

それは否定しない。池が最下位の日もあれば、本堂が最下位の日もある。最下位にだけはなるものかと切磋琢磨していくのだから、現時点で先々の退学者を確定させる考えなど出来なくて当然だ。

「でも次の特別試験は違う。少なくとも私は最下位に沈んでしまった時のために2つの選択肢を持って臨むつもりよ。1つは傷口が浅い選択、1つは苦渋の選択。ただ傷口の浅い選択は色々と障害もあって実現できる保証はないけれど……」

頭の中には、考えがちゃんと生まれているようだ。

「最下位になれば退学者の選択は避けられない。脱落者を１人も出さずに負ける夢物語もない。救済するだけのプライベートポイントもない。そんな中で２つか」

後者の苦渋の選択は、当然やむを得ず退学者を出すことだろう。脱落してしまった者たちの中から嫌でも選ばなければならないリーダーとしての責任行為。

「どちらになったとしても、迷わずに選ぶ指針を私なりに立てているつもり」

この場で虚勢を張る意味などない。張っているようならそこまでの人間。

射貫くほど純粋で真っすぐな目を向けている堀北は、どちらの選択になっても決断できる覚悟を現時点で持てていることが窺えた。

「よく分かった。最下位になった時に右往左往して困ることはなさそうだな」

「本来なら負けることを考えるべきではないのかも知れない。でも退学者のリスクがある以上どうしても先行して決断しておきたい問題だった。情けない話とあなたには笑われるかも知れないけど……」

「どこに笑う要素がある」

「そう……なのだけれど……あなたは負けた時のことを先に考えなさそうというか……」

「先でも後でも、最後に勝つことを目指してるのなら間違いはない。クラスを想うからこそ負けた時のことを先に考えた、ただそれだけのことだろう」

「……ええ、ありがとう……」

どこにも感謝をされることはないのだが、一応アドバイスを聞かせてもらう立場。それが分かっているから、堀北は素直になったのかも知れない。

「こっちの杞憂に終わって良かった。もしもの時は任せて大丈夫そうだな」

「満場一致特別試験ではあなたに助けられたものね。あ、もしかしてあなたの知りたかった心づもりはそのことで終わり？」

ちょっとだけ心を軽くした堀北からの疑問だが、それは残念ながらノーだ。

「いいや、ここからが本題と言ってもいい」

「そうなのね……じゃあ何なのかしら。勝つための戦略を話すわけでもないなら、勝った後のことが知りたい？　いいえ、そんなわけがないわよね……」

「今回の試験で勝つということは他クラスを蹴落とすということだ。そして蹴落とせば当然最下位になるクラスが生まれる。誰か退学者が出る可能性は非常に高いだろう」

「そうね」

「だがその誰かは堀北が決めることじゃない。当たり前だが言っている意味は分かるな？」

「もちろんよ。各クラスのリーダーが検討し決断することだもの」

「堀北は自分のクラスから退学者が出る時、どう対処するかを前の失敗から学んだ。しかしオレが助けなければ、今頃クラスがどうなっていたかは定かじゃない」

「悔しいけれどその通りよ。クラスが崩壊していたとしても不思議はないわ」

「失敗して成長することは大切だが、必ず毎回失敗できるわけじゃない。フォローが入るわけじゃない。基本的には初めての選択で正解を選び続け、着実に突破していくことこそが実力者の証明でもある」

ちょっと冷めてきたカップを持ってから、堀北が静かにコーヒーを飲む。

「その通りだと思う」

「具体的な話をする。特定のクラスと直接対峙する機会はこの先に必ずある。その時、おまえには3つの未来がある。1つは堀北のクラスが勝利する、1つは堀北のクラスが敗北する、そして3つ目はそのどちらでもない痛み分け、引き分けのような結果だ。おまえはどの未来を望む？」

「愚問ね。自分のクラスが勝つ以外の選択はないわ」

「じゃあ未来に1つの条件を新たに付けよう。自クラスは勝利するがその代償として敗北した特定のクラスからは退学者が生まれる。これならおまえはどう選択する？」

「申し訳ないとは思うけれど、自分たちの勝ちを優先する。それが正しいでしょう？」

「変わらず自クラスの勝利を選ぶわけだな」

オレが聞き返したことで、堀北は唇を少しだけ強く結んだ。

「今回の特別試験の条件と同じ。勝ちを優先する考えは間違っているかしら？」

「誰も間違いだとは一言も言ってない。最後にもう1つだけ条件を付ける。特定のクラスは龍園のクラスで、その退学者は伊吹澪だ。この場合は3つの未来からどれを選ぶ」

当然の回答を立て続けにした堀北に、想定にない条件を付けたところで固まる。

「……伊吹さん……？」

「どうした。おまえは3つのうちどの選択肢を選ぶんだ？　勝つ、負ける、引き分ける」

「ちょっと待って。仮にも伊吹さんは龍園くんに近しい立場の人物よ。真っ先に退学になる人物とは思えない。仮定として成立している？」

「仮定の成立？　おまえこそ随分と変なことを言うんだな。あくまでも仮定は仮定だ」

「でも――――」

「伊吹の立場と安全は必ずしも確立されたものじゃない。OAAの能力を見ても切り捨てる候補には十分なる。龍園の性格も加味すれば現実路線だ。それにそもそも、龍園が必ずしも退学者を指名できる保証もない。避けようもない事故だって考えられる」

オレが強い口調で告げると、ムッとした様子のまま堀北が口を開く。

「……クラスが勝利するためよ、特定の誰かが伊吹さんでも勝利を選ぶのは当然のこと」

「即答出来ず、かつ選択したくない未来だということは否定しきれていないけどな」

「何が言いたいの」

「オレは堀北の交遊関係を隅々まで知ってるわけじゃないが、少なくとも伊吹が他クラスの中でおまえに近しい位置にいることは感じてるつもりだ。それが親しい、親しくないの表現だけに留まらず」

「親しくないを含めて構わないのなら、そうね、否定はしないわ」

視線を逸らすことなくそれがどうしたのといった態度を見せる。

否定しないと言ったがそれは誤りで、否定しないのではなく出来ない、が正しい。

当人すら気付けない、本能からの伝達による防衛本能。

認めたくない、認めてしまえば不都合なことだと分かっている証拠だ。視覚から得られる情報だけなら誤魔化せても、聴覚も同時となると高等技術が要求される。態度に気をつけようとすればするほど言葉への意識が疎かになる。

「だが今回の特別試験はそのルール上、他クラスの手によって退学させられるものだ。つまり初めて、想定にない生徒が退学するかも知れない」

「伊吹さんも例外じゃない、ってことね」

「もし龍園が伊吹を退学候補に入れていて、脱落すれば高確率で除外する方針だったことが白日の下に晒されていたとして、勝つために伊吹を脱落させるタクトを振れるか？」

ここまで内心に動揺を抱えつつも堀北は勝利を選択すると答えてきた。

虚勢を張りつつでも崩さなかった姿勢が初めて完全に崩れる。

間接的にでも、自らの手で伊吹を退学させる。

これが1年前なら、堀北はほとんど躊躇うことなく実行してみせただろう。

しかし環境は変わった。

伊吹を知った。どんな性格で、どんな人物かを深く知った。

敵でありながら、紛れもなく友になっている。

「どうして……そんなことを聞くの？」

答えを出せず逃げるように強引にボールを投げ返してくる。

「今回の特別試験、落としたい生徒を排除する絶好の機会でもあるが、落としやすいところを落とすのもまた戦いの基本だ。戦略上伊吹を攻めて優位に立てると分かった時、おまえはリーダーとして迷わずに陣頭指揮をとれるのかどうか。その確認が大前提。そして意識を今のうちにも持っていてもらいたいと思ったからだ」

これを当日に教えたところで、限られた時間と戦いの緊張感から、冷静に処理するのは難しいだろう。だからこそ今しておくべき話。

「伊吹さんを……同じような立ち位置の人を落とす覚悟を持ちなさいということね」

「違う。意識しておくことが大切なんだ。自分のクラスのことばかりに目が行って、他クラスのことを上手く捉えられていない。他クラスのあいつを落としたい、こいつには落ちて欲しくないと軽い妄想をするだけだったはず。明確な感覚を持ってこの特別試験の準備を進めていたか？」

「……いえ……それはしていなかったわ。私は負けた時にどうすればダメージが少ないか、いざという時に味方から誰を退学させるのか。そしてクラスを勝たせるためにどう立ち回る必要があるか、それだけを考えていた」

これ以上の否定は無意味と悟り、観念したように堀北はそれを認めた。

明確に潰す相手を考えてはいなかっただろう。

もちろん、潰したい相手がいても簡単にはいかない。複数人脱落者が出る可能性が高いのだから、どうせ有能な生徒はリーダーが残す。だから思考しない。

　そこで考えを留めてしまっていては、状況の変化についていくことが出来ない。

「その問題に対して、私はどうすればいいの……？」

「言っただろ。ただその意識を持っていればそれでいい。人にはそれぞれ合った戦い方がある。龍園は誰であろうと容赦しない。出来る限り敵の強い生徒を倒すための方法を常に考えるだろう。坂柳は強い弱いではなく、相手が嫌がる人物を狙う傾向にある。戸塚が良い例だ。一之瀬の場合は逆に相手を落とすことは考えない。そんな風に本人の傾向と、そして向き不向きがある」

「でも私には……自分にどんな戦い方が合っているのかまだ分からないの」

「それを見つけるための戦いが目の前に迫ってるということだ。相手を倒すことも自分を守ることも、両方を意識していれば戦い方が見えてくる。漫然と戦うな。意識しろ。それだけで見えてくる世界は大きく変わってくる」

　目を閉じた堀北は、微かに唇を動かしながら自分に何かを言い聞かせている。

　それからオレは堀北が動きを見せるまで、静かにその様子を見守り続けた。

「……正直に言う。私はまだ、現時点ではその意識を持ちきれていないと思う」

「そうか」

「でも、特別試験まで言い聞かせ続ける。そこでダメならその先も言い聞かせる。どこまで出来るかは……分からないけれど。ごめんなさい。ダメね……」

　上手く応えることが出来ず自らを情けないと自嘲した。

「どこにもダメなことはない。もう十分に意識は持ち始めている。オレが持たせた」

それが完全なものになるのが今か、明日か、もう少し先かだけの違いでしかない。

オレは堀北鈴音という人間に対しての分析をほぼ終えている。

凡人と比べれば有能で、社会に通用し認められるだけの能力がある者。

これから続いていく長い人生で、幸福な人生を掴み歩むだけの資格を得ている者だ。

しかし将来大成し、名を遺すような偉業を成し遂げ、後世に功績を残すようなことはないだろう。数多の才を持つ者たちを凌駕するような特筆すべき能力はない。

だがここはまだ社会じゃない。学校という小さく未熟な子供たちの集まる世界。この箱庭のような環境においては、こちらの想像を上回る可能性を見せる素質を持っている。

これは堀北学がオレに教えてくれた新しい視野のお陰だ。

あの男から教えられなければ、彼女の輝ける素質に気付くことはなかっただろう。

「オレが言いたかったのはそれだけだ」

堀北はジッとオレの目を見つめ、逸らしそうになりつつも逸らさず真っすぐに見続けた。

「ねえ――――あなたって、一体何なの」

「何なのって、どういう意味だ」

「そのままの意味よ。私にはあなたのことがよく分からない……」

「分かろうとする必要があるのか？」

「少なくとも今はリーダーを任されている以上、クラスメイトのことを知るのは悪いことじゃないわ。次の特別試験にしても、詳しく把握している方が優位に戦えるもの」

　個人の課題に対する長所短所を把握していれば、確かにそうとも言える。

「なら高円寺と分かりあえるのか？」

「分かりあうことは出来ないけれど把握はできてるつもりよ。違う？」

「……ごもっとも」

　話題の対象を自分から逸らすために浮かんだ高円寺の名前を出したが、確かに高円寺がどんな人間であるかはとてもシンプルで分かりやすいか。

「Aクラスに上がることに興味がなくて、基本的に大人しくて不愛想で。でも気が付けば軽井沢さんを彼女にしていたり、クラスのために目立つことを覚悟で助けてくれたり、やっていることに一貫性がない。違う？」

「単純に成長と見てもらうことは出来ないのか？　影の薄かった元中学生の男子が高校デビューして少しずつ勇気を持っていった。やがてAクラスに上がることを目標にして奮闘し始めた結果が今──みたいな」

「そんな風には見れないわね。あなたはそういうどこかにありそうなカテゴライズの枠には全然当てはまっていないもの。私はもう確信している。あなたの行動、やることには普通では考えられない理由が必ずある。だって……」

　だって、と言ったところで堀北は言葉を詰まらせた。

「……どうすればこんな人格が生まれるのかしら。あなたはどんな子供だったの？」

「話を変えてきたな。どんなと言われても今も子供だ、見ての通りじゃないか？」

「そういうことじゃなくて、もっと幼い頃の話よ。小学校はどこの小学校？」

「言っても分からないだろ」

「そうとも限らないでしょう？　意外と地元だったりするかも知れないのだし」

「前にも似たようなことを話した。二度する気にはなれないな」

「……そうだった？　悪いけれど記憶にないの、もう一度話してくれない？」

　色々逃げ回っても、しつこく堀北は追及してくる。

「人に語れるほどのものじゃないんだ。自分の中だけに留めておきたいこともある」

　これ以上の詮索は嬉しくない、ということを強めに伝えると堀北も仕方なくとはいえ察してくれたようだ。

　沢山の情報を一度に受け取り過ぎたせいで、堀北も相当脳が疲れている。

「落ち着くためにも一息ついた方がいい」

　オレを見て次の行動を取れずにいる堀北に、そう促した。

「そう、そうね……」

　この場を終わりに向かわせるためにも、まずは飲み物を空にしないとな。

　こちらもほとんど手を付けていなかったコーヒーカップを手に取り、ほぼ同時に飲む。

　舌に伝わってくる温度は、随分とぬるくなっていた。

「冷めたな」

「冷めたわね」

「真似するなよ」

「真似しないで」

大したことでもないのに、お互いの意思がリンクした感覚が妙に可笑しかった。

「え———？」

跳ねると言えば大げさだが堀北が目を大きく開いて声を洩らす。

「どうした？」

「いえ……その……今……綾小路くんがちょっと笑ったから……」

「ん？　で、それがどうかしたのか」

「だってあなたのそんな顔、この2年間一度もなかった気がして……」

「失礼な。初めて笑う赤ん坊じゃあるまいし」

前に誰かにも似たようなことを言われたことがあるが、笑おうと意識、意図して笑ったことは何度もある。別に希少な話じゃないはずだ。

いや……だが。

「確かに珍しいことだったのかもな」

今この瞬間、笑おうと意識していた覚えが全くなかったのは確かだ。

意図しない感情の表現。

そんな経験、これまでにどれだけあっただろうか。

役作りでもなく、その場の空気を読んでのものでもなく、ただ自然体であること。

それがどれだけ難しいことか、理解しているからこそ興味深い。

真っ白なスケッチブックに一滴の色が付いた、そんな感覚だろうか。

恵の前でもなく、洋介のような友の前でもなく。

どうしてその発現が堀北の前だったのか、オレにも分からないことだった。

「なんでオレは笑ったんだろうな。おまえも笑ったなら分かるのか？」

堀北なら明確な解答を持っていることに期待が持てる。

余程、面白可笑しい場面だったのかどうか。目を見て問いかけた。

だが堀北は視線を逸らし、慌ててこう答えてきた。

「そ、そんなこと真面目な顔して聞かれても私には分からないわよ」

「なら特筆して面白いことがあったわけじゃない、ということか？」

「……だから聞かれても分からないわ」

そっぽを向いてしまった堀北が、やや声を荒らげた後ため息をつく。

「あなたの変な考え方のせいで、同じように笑った私がバカみたいじゃない……」

ガッと残りのコーヒーを流し込んで堀北は立ち上がった。

「もう話は終わりでしょう？　この後予定があるからそろそろ帰らせてもらうわ」

「予定はなかったんじゃないのか？」

「思い出したのよ」

それから飲み干した空のカップを手に取る。

「私なりに考えてみるわ。次の特別試験のこと、それからこの先のことも」

「それがいい」

一足先に帰ろうとしたものの、何かを思い出したように足を止めた。

「あ、そうだごめんなさい。あなたに1つ確認しなければならないことがあったの」

「特別試験で除外する課題か？」

「その通りよ」

「他の生徒は？」

「あなた以外は全員から連絡を受けてる。そろそろ決めてもらわないと困るわね」

どうやらのんびりしている間に、他の生徒は堀北に通達を終えていたらしい。

「まあ、あなたなら除外なんてしなくても大丈夫でしょうけど、どうする？」

「芸能と音楽、それからサブカルチャーだな」

「勉強とは無縁のジャンルだものね。私と全く同じチョイスよ」

「他にも迷うジャンルはあったが、得意じゃない部分は消しておきたいところだ」

ニュース、生活、グルメ。この辺は知っているようで知らないことも多いだろう。

ただ除外にあげた3点はそれよりも難しいと判断しての決断だ。

「じゃあそれで登録しておくわね」

「頼んだ」

思いがけず、自分自身について考えさせられる場になったようだ。

○ゲームチェンジャー

特別試験を翌日に控えた木曜日の朝、今日は特別に休日だ。

いつも寝つきの良い俺は、珍しく眠れない夜を過ごした。

「睡眠不足が身体に良くないってのは、ホントなんだな……ねむ……」

身体を起こすと、携帯には鬼頭からの一通のメッセージが入っていた。

「どうやらやっと姫さんの方針が固まったみたいだな」

前日にはなったが、やっとこさクラスの幹部を集めて話し合いをするらしい。

もっとも話し合いといっても戦略についちゃ詳しく話してくれることはない。

常に坂柳は自分で考え自分で行動する。

その行動のために必要なことのみを、手足として使う生徒に伝えるだけのこと。

「ちっ……」

鬼頭からのメッセージの他に、数十通のメッセージが届いていることに気付いてしまった。今付き合っている女からの連絡だ。

昨日、ある程度遅い時間までは付き合ってやり取りしてた覚えがあるものの、延々と下らない会話を続けて終わる気配がなかったから途中で放棄したんだった。

今度はどこに行く？

あれが食べたい、これが欲しい。
何が好き、嫌い。
会いたい、寂しい。
そんなどうでもいいことばかり。
『ごめんな寝落ちしてた。今度お詫びさせて』
可愛いイラストスタンプと共に、無感情でそんな返事をしておく。
とりあえずはそれで満足してくれると判断した。
しつこいようなら捨てればいいだけだが、まだ拾い集める情報は残ってる。
どのクラスのどんな些細なものでも、情報は幾らあってもいい。

いったん女のことは忘れて、坂柳の件だ。
俺が昨日、眠れなかったことに直結している問題。
特別試験をどう戦うかということ。
そしてその前に、何をすべきかということ。
学年末試験が近づく中、俺の不安は日増しに強くなっている。
大きなクラスポイントが動くであろう直接対決で龍園に敗れる未来。

これだけは絶対に避けなきゃならない。

そのために出来ることは、何でもしなきゃならないだろ？

1

坂柳は時と場所を選ばない。

人目を避けるためのカラオケや寮の自室。

特別棟でも体育館裏でも、とにかく内密な話をする場所はどこにでもある。

まあ、坂柳からすりゃ秘密を話すわけでもないから気にしてないだけなんだろうが。

今日も今日とて、ケヤキモールの中では一番の活気に溢れるカフェへ。

しかも人気の席に陣取り神室と鬼頭を従え、優雅なひと時を過ごしているようだった。

「悪い姫さん、ちょっと遅くなった」

坂柳を忘れずに姫と呼びながら、俺は空いた席に座る。

「随分と親しそうな彼女がいるようですね」

「……ありゃ、どこで見られたかな？」

去年までならAクラスの生徒を注視してれば良かったが、2年になってからは後輩たちにも気を遣わなきゃならなくなった。その見落としだっただろうか。

いや、2年の廊下に1年がいれば気付けるはず。

となると――。

前々からクラス内で極秘に飼ってる駒、ってことか。

神室や鬼頭、あるいは俺を使うケースが大半だが、定期的に坂柳は、携帯で誰かに連絡を取り情報を受け取っている。以前それとなく坂柳に聞いたことがあったが、誰、とは直接口にしなかった。そいつに見られていた可能性がある。

クラス内の生徒なら慌てて突き止める必要もないと判断してたが、もしこれが偶然でなく意図的に俺を見張ってのことだったなら、話は変わってくる。

「恋愛には結構奥手でさ、内緒にしといてくれよ」

「フフ、口外はしませんよ」

「それで？　今日はどんな話なわけ？」

「聞かなくても分かるだろ真澄ちゃん」

「ちょっと。下の名前で呼ばないでってば」

「悪い悪い。つい癖でさ」

「何が癖よ。そんなに何度も呼んだこともないでしょ」

「心の中じゃいつも真澄ちゃんなのさ」

「気持ち悪」

今の発言が心底気持ち悪かったようで、神室は真澄ちゃん呼びを強く拒絶した。

そりゃそうだ。もし逆の立場なら俺だって気持ち悪いと思うぜ。

だが道化を演じる時、そういう呼称はインパクトを残す上で役立ってくれる。

「んじゃ始めてくれよ姫さん。特別試験に関してだろ？」

「特別試験？　いいえ、違いますよ橋本くん。今日は単なるお茶会です」

こっちの決めつけをあざ笑うかのように、坂柳はそう答えてすぐ否定してきた。

俺は椅子からずり落ちるリアクションを軽くかます。

「だったらこんなところに幹部を集めなくてもいいんじゃないの、姫さんさ」

「対外アピールですよ」

「Aクラスが作戦会議をしていると知れば他クラスの生徒たちは必然情報を共有し緊張感が増す。勝つための努力を最大限惜しまずすることでしょう」

何が対外アピールだ、笑わせてくれるなよ。

前日までこっちは我慢したってのに、結局何も話す気がないなんてな。

「そんなこととして何の得があるのか俺には分かんないんだけどさ、教えてくれよ」

「得はありますよ。３クラスの本気をより引き出せるじゃないですか」

「……それって得なの？」

神室の言うように得どころか損するような話だ。

少しでも油断、慢心をしてもらいたいのに気を引き締めてどうするんだっつー話。

「勝負を楽しみたいじゃないですか。最近は文化祭や修学旅行など、遊びの延長が続いていましたし」

勝つ確率を下げてでも、不利益を被ってでも自分の楽しみを優先する。

これまでも、目の前の坂柳はそうやってクラスのリーダーとして君臨し続けてきた。

だがクラスメイトがそれを寛容に受け入れてきたのは、結果が伴ってきたからだ。

着実にクラスポイントを積み上げてきた実績。

言い換えればそれが消え去った時、坂柳の価値は一気に暴落する。

そんな不確定な未来を見ているのが俺以外にいるのかは分からないけど……な。

本当にただのお茶会なるものを終えて、俺は東口近くのトイレに入った。

といっても用を足すためじゃない。誰かと密談をするためでもない。

抜けきらないただの習慣だ。一番奥の個室に入り、鍵をかける。それから自動で蓋が開いた便座の上にズボンを下ろすことなく腰かけた。

ケヤキモールの個室はいつも清潔に保たれていて不快感がない。嫌な臭いもない。

ま、ある程度の汚れや異臭があったところでそれも大して気にしないんだが。

モール内のＢＧＭだけは余計だったが、目を閉じて両ひざに腕を乗せ前かがみに。

ここは、心を落ち着ける場所。

原点へと帰る場所。逃げ場の少ない学校の中で、最も重宝した救いの場。

高育ならトイレでなくていいのに、習慣って奴は本当に抜けきらないぜ。

それから30分ほど、俺は携帯を一度も取り出すことなくここに留まり続けた。

「帰るか」

手洗い場も含めて人の気配が完全に消えているタイミングで腰を上げ、水を流してから手を洗い、乾かしてトイレを出る。

「長え糞は終わったみたいだな」

「こりゃ驚いた。いつからいたんだ？」

入口の横で壁にもたれかかって携帯を握りしめていた龍園が、鼻で笑う。

「様子はどんなもんかと思ってな。明日は特別試験だぜ？　こんなところでおまえと一緒にいるところを見られたらどんな嫌疑がかけられるか。部屋を訪ねるなり他に方法があっただろ」

「勘弁してくれよ。ツラ貸せ」

「無実なら堂々としてりゃいい」

「無茶言ってくれるぜ。手短に済ませてくれよな」

俺から接触するのはいいが逆に不意を突かれて接触されるのは不快だ。

特に龍園の場合、どこで何を言い出すか分かったもんじゃない。

ただ相手クラスの内情を知る上で、こいつとの対話は避けては通れない。荒波だが目に見える分、まだ波に乗ることは出来るからな。

2

休日、朝からケヤキモールで恵との時間を過ごす一日となった。

明日の特別試験への不安を時折吐露しながらも、比較的恵は穏やかに過ごせたのではないだろうか。他愛もない話をしながら共に寮へと戻る。

その途中、携帯電話が鳴ったので発信者を見ると神崎の名前が表示されている。

誰からの着信か気になった恵が覗き込んできたが、その名前を見てすぐに興味がなくなったのか自分の携帯を取り出した。２人でほぼ同時に足を止め、オレは電話に出る。

「どうした」

『今どこにいる？　直接部屋に行ったんだがまだ戻っていないようだな』

「ちょうど帰ってる途中だ。何か用なのか？」

『良かったら話す時間を取れないか？　俺と、それから渡辺もいる。構わないか？』

会えば話をすることもあるが、アポなく直接部屋を訪ねてくるケースは珍しいな。

「今から帰るところだ、渡辺にもそう伝えておいてくれ」

『そうか。ならそのまま部屋の前で待ってても？』

オレは承諾して通話を終了する。それに合わせて恵も自身の携帯をポケットへ。

「神崎くん何だったの？　渡辺くんの名前も出てたけど」

「さあな。話があるらしくて部屋の前で待ってるらしい。悪いが今日は一度解散だな」

「それはいいけどさ。その２人と清隆って仲良かったっけ？」

「渡辺とは修学旅行で一緒のグループだったからな。割と最近は接点がある方だ」

「へえ～。なんだかんだ友達が増えてきたんだね」

喜びも含め感心して恵が小さな頷きを数回繰り返した。

エレベーターに2人で乗り込み、4階で降りる。扉が開くと視線の先に渡辺、そして神崎の2人の姿があった。こちらに気付き渡辺が手を振って来る。

「じゃあまた後で連絡してね。あ、全然ゆっくりでいいからさ」

男友達なら問題なし、何なら時には歓迎とばかりに恵からは笑顔でそう伝えられた。

仲直りをしてからは心の余裕も持てるようになっているようだ。

「突然の訪問ですまないな。もしかしてこの後2人で過ごす予定だったか？」

合流するなり神崎が謝罪しつつも聞いてくる。

「気にしないでいい。それより2人で訪ねて来るなんて珍しいな。入ってくれ」

鍵を開けて室内に招き入れる。部屋の中がカラフルで女子色も結構強くなっている部分があるためか2人とも面食らった様子でリビングを見回している。それから客人を座らせて、飲み物の希望を聞いて台所に立つと程なく神崎が立ち上がり近づいてきた。

「行けるかどうか分からないから伏せておいてほしいと言われていたが、ちょうど綾小路と合流したことを伝えると来られると反応が返ってきた。急な追加で済まないがあと2人招き入れてもらっても構わないか？」

「そうなのか。じゃあそれも考えて準備しないとな。誰が来るんだ？」

「一之瀬と網倉だ」

人数が増える分には特に問題は無いが、4人の組み合わせから事情を察せない。

神崎は今、一之瀬とクラスに変わってもらいたいと動き始めた言うなれば改革派。

一方で一之瀬は現状を維持したい者、守旧派だ。

もっとも一之瀬は神崎の動きを察知しつつも見守っているようだが。

それとも深読みしすぎているだけだろうか。神崎を支える姫野と浜口の姿もない。

「今回の特別試験についてクラスの方針が固まったこともあって、一之瀬が最後に綾小路と軽い確認をしたいと言っていた。そっちにメリットがない話かも知れない」

申し訳なさと同時に、今日のことにあまり乗り気じゃない様子も伝わってくる。

「別にいいさ。渡辺と網倉が来ることになった経緯は？」

「渡辺に関しては完全な成り行きだ。綾小路の部屋に向かう途中、偶然会ってな」

「そそ、偶然ってわけ」

網倉が来ることをどこかで察知して、便乗したのではないだろうか。勘ぐり過ぎか？

別にどちらでも良かったのであえて聞いたりはしない。

それからテレビをつけて、しばらくの間中身のない雑談をして時間を潰した。

15分ほどして、チャイムが鳴ったので応対すると予定通り一之瀬と網倉が姿を見せた。

手土産としてケヤキモールでスナック類を買ってきてくれたようだった。

全員分の飲み物を改めて用意した後、オレは話を聞く態勢に移る。

「もう神崎くんから聞いてるかも知れないんだけど、明日の特別試験について、どうしても綾小路くんと話をしておきたいと思っていたの。急な話でごめんね？」

いたの、ということは突発的な思い付きではなく事前にそう考えていたということ。

「別に気にはしないが、生憎とオレはリーダーじゃない。もしうちのクラスの内情を知りたいとか、方針がどうなのかを探りたいのなら堀北に直接交渉してもらうしかない」

「大丈夫。どちらかと言えば私たちのことを聞いて欲しい感じかな」

「待ってくれ。綾小路に話す前に、先に答えてもらいたいことがある」

「ん？　何かな」

「談合をしたいだとか、そんな話をするのなら断固として反対の立場を取らせてもらう」

先手を打つかのように神崎はそんなことを口にした。

2クラスでの協力、そんなことを懸念している様子はなく、談合といった表現であることからも、何を指しているのかは分かりやすい。

「私が4クラスで同じ得点に揃える可能性のことを心配してるんだね」

「遠慮なく言えばその通りだ」

「どうしてクラス会議の時に、その話を持ち出さなかったの？」

「俺が談合を否定する発言をしても、一之瀬が肯定すればその他大勢の生徒は肯定する。その流れにだけはしたくなかった。俺の知らない水面下で話が進められていたならどうしようもないが、目の前でその話をさせるわけにはいかない」

だから今日、このタイミングまで話題に出さず避けていたらしい。もっと密な場所で切り出すことも出来ただろうが、それは神崎なりの考えがあってのことだろう。

クラスの改革に手を貸しているオレがいれば、否定する側の仲間になってくれる。そんな打算も含まれているに違いない。

「明日には特別試験だよ？　今から4クラスの談合を持ち掛けるのは遅すぎない？」

そんなことは言わないいんじゃないかと、一之瀬の隣に座る網倉が言う。

もっともな話で、動きだすには常識的に考えてあまりに遅すぎる。

「普通ならな。だが一之瀬のことだ、退学者を出すリスクを回避するためにギリギリまで考え込んでいても驚かない。仲間を守るために寸前でも判断を変えるだろう」

「もし4クラスが足並みを揃えてクリア確実なら、その提案も検討の余地があるからね。クラスポイントを失うとしても、全クラスが同じなら不公平は生まれないし。神崎くんの言うように、その案は今でも実現できないか考えちゃう」

「やはり……。だがそれは俺たちが浮上するチャンスを失い――」

恐れていた展開だと早合点した神崎が反論しようとするも一之瀬がやんわりと止める。

「大丈夫。綾小路くんに談合のお願いをしに来たわけじゃないよ。もしそのつもりなら直接堀北さんに話を通すのが筋だからね」

だから安心していいと一之瀬は伝えた。それでも神崎の内心は穏やかではないだろう。

談合でなくとも、退学者を出さないための戦略を前面に押し出せば似たようなもの。自ら不利になってでも仲間を守る姿勢を貫かれれば勝利が遠ざかる確率は高い。

その不安を表に出さないため、神崎は不器用ながら安堵した様子を前に押し出す。

「それなら良かった。いきなり話の腰を折るような真似をしてすまなかった。どうにも俺はいつもそうだな。話が下手過ぎるのも考え物だ。いつも迷惑かける」

　こちらにそう謝罪してきたので気にする必要はないと意思表示して伝える。

「神崎くん、随分綾小路くんと親しくなった感じだね」

「……そう、か？」

「そうだよ。以前の神崎くんなら思うことはあっても、簡単にクラスの内情を悟られるようなことを話さなかったんじゃない？　もしここにいたのが、例えば平田くんや金田くんだったら全然対応は違っただろうし」

　そんな一之瀬の指摘に神崎は意味が分からないなと首を傾げるような仕草で返したが無駄だろう。神崎が姫野たちと動き出して間もなく、一之瀬は自ら異変を察知している。

「俺のことはもういい、話を進めてくれ」

　促すと一之瀬は笑いながら頷き、改めてと姿勢を正しこちらに向き直った。

「私が堀北さんじゃなく綾小路くんのところに一番に来たのは――――」

　どんな話が飛び出すのか、それを覚悟していたオレではあったが、口を開けばその実大したものではなかった。仲間と共に勝ちたい、負けたくないという抱負に近いもの。わざわざ側近の神崎を連れて来なくても良かったであろう程度のもの。

　途中まで硬い表情で話を聞いていた神崎も、警戒心が緩むほどのものだった。

　そしてそれが終わると、後は特別試験のことなど一切なく雑談に切り替わった。

盛り上げ役の渡辺がいたことで話も比較的弾み、単なる友人同士の集まりみたいな場で完結することとなった。

時刻も午後6時を回り、既に窓から見える外の景色は暗くなってしまった頃、神崎がそろそろ切り上げるべきだと提言したことで今回の集まりは終了に。

先に玄関を出た一之瀬と網倉、それに神崎、最後の渡辺と続く。

「いや〜今日はどうなるんだろうなんて思ってたけど、すげー楽しかったぜ」

それは網倉とも気兼ねなく沢山話せたからだろう？と目で合図だけ送ると渡辺からはにっこりとした笑顔が返ってきた。

お邪魔しましたの声と共に玄関の扉が閉まると、途端に静寂が戻ってきた。

先ほどまで耳に残ることもなかったテレビの音がやけにうるさく感じ、すぐに切る。

テーブルの上に残ったカップでも片づけようと手を伸ばすと――――。

ピンポーン、とチャイムが鳴った。

まだ恵には連絡していないため無許可で訪ねて来ることはあり得ない。誰だろうか。

少しだけ不思議に思いながらも扉を開ける。

すると開けた扉の向こう側には、何故か1人だけ戻って来た一之瀬の姿があった。

「ごめん綾小路くん。私携帯を忘れちゃってたみたいで……」

何事かと邪推するも、理由はすぐに判明する。どうやら単なる忘れ物だったらしい。

「携帯？　どこにある？　取ってくる」

「えっと多分テーブルの下だと思う。本当にごめんね」

携帯の忘れ物は一之瀬に限らず珍しいことじゃない。生活必需品でもある携帯は取り出している時間も長いため、つい置き忘れてしまうこともあるものだ。そして忘れやすい物であると同時に、すぐに忘れたことを思い出す物でもある。

よく恵もオレの部屋に携帯を忘れて、慌てて取りに戻ってくるからな。

「ちょっと待っててくれ」

玄関で一之瀬を待たせて、オレはテーブルの下を確認しに行く。

一之瀬が座っていた場所に、確かに携帯がポツンと置かれてあることにすぐ気付いた。

十秒ほどで往復して戻るとそれを一之瀬に手渡す。

「ありがとう。改めてお邪魔しました」

「またな」

「……そうだ。ちょっとだけ話をしてもいいかな？」

結構お喋り（しゃべ）はしたが、それでもまだ女子は次から次に話ができる生き物だからな。

驚きよりも納得の方が強く、オレは承諾のために頷（うなず）いた。

「変に2人きりのところを見られると誤解されちゃうから、鍵をかけようか」

自らそう答えて振り返ると、玄関の扉の鍵に手を伸ばしかけてすぐに思い止（おもいとど）まる。

「ううんダメだね。もし鍵なんてかけた状態で誰かが来たら……それは逆にアウトだね」

確かに2人きりでいるところを見られる分には、まだ何もないことが成立する。

事実、直前まで一之瀬のクラスメイトたちもいた。

しかし2人きりで鍵をかけていれば話はまるっきり変わるだろう。

後ろめたいこと、見られたくないこと、そういった何かがあると思われてしまう。

「麻子ちゃんたちは帰ったばっかり。私が綾小路くんの部屋に携帯電話を忘れたことはちゃんと伝えたし、今ここで誰かに見られたとしてもちゃんと言い訳は立つね」

独り言、ではなさそうだ。こちらに意図の説明をしているようにしか見えない。

鍵をかけようとして、それを思い止まったり。状況説明をあえて言葉にしている。

「2人きりになるために携帯をわざと忘れたのか？」

引き出したかったオレからの返答だったのか、一之瀬は微笑んだ。

「綾小路くんはどう思う？」

まさか、こちらにその真意を確認してくるとはな。

「多分、オレが考えている方で当たってるんだろうな。置き忘れは意図的か」

その問いかけに一之瀬は我慢が出来なかったと俯きながら肯定する。

「会いたかった。どんな形でも綾小路くんと2人だけで。……こんな私のこと気持ち悪いって思う、かな……？」

「気持ち悪い？　どうして」

「どうしてって……彼女がいる男の子に、こんなやり方して会いに来るなんて……」

確かにこれを男女逆転させれば分かりやすいか。

即刻ストーカーとして認定されたとしても不思議はない。

だが、結局のところそういった行為は受け取り手の心構え1つだ。

対象を嫌悪していればストーカーとなり、対象に好意を抱いていればストーカーにはならない。

「彼女がいる男に堂々と会いに来る方が変だろ。むしろ配慮してくれている」

無理やり訪ねられたなら、恵に対するフォローも大変でこちらの立場は悪くなるだけ。

この状況を作り出しておけば、2人で会っていても不可抗力で済ませられる。

「……ホントに？　ホントに、気持ち悪いって思わない？」

「ああ」

オレが今の一之瀬を見て思うことがあるとすれば、たった1つだけ。

より興味深い対象になりつつある。

ということだ。

直後に、彼女はゆっくりと近づくとオレの胸元へとその身を寄せた。

「これは事故だよ……躓いて、転びそうになったのを助けてもらっただけ……だよね？」

「ああ。それを否定する材料はどこにもない」

そう答えると、視界では捉えられなかったが一之瀬が笑った気がした。

「綾小路くんのことが好きで好きで仕方がない……。今まで恋なんてしたことなかったのに。なのに、これが最初で最後の恋なんじゃないかって強く感じてる——変だよね」

出会った頃の一之瀬からは想像もできないような手段を、平然と取っている。

それはある種異性としても、魅力的だと解釈する要素を含んでいる。

一之瀬の恋愛は原動力。自らの持つ、自らも気付いていないポテンシャルを更に引き出し自分のために使い、望む展開を作り出している。

変わらない一之瀬の善人性。

それに一石を投じるために神崎や姫野のような異分子を用意していたが、ここにきて想定とは異なるラインが増えてきた。もちろん、オレにとっては悪いことではなく喜ばしいことでもある。2つの方向からクラス向上のアプローチを図ることが出来るからだ。

元々は失敗する可能性の高い1本のラインが真っすぐ引かれていただけ。

そこにオレはクラス生き残りの確率を上げるために新しいラインを作った。

だが一之瀬は失敗する可能性の高いラインに変化を加えてきた。

もはや別物、この新しいラインとも呼べる直線は今の段階でオレにも成功するのか失敗するのかの判断をすることが難しい。

真下にある彼女の頭髪からは、形容しがたいほど魅力的な香りが漂っている。

単なるシャンプーのような洗髪剤の香料だけではない。
「別々のクラスじゃなきゃ、もっと普段から一緒にいられるんだけど……」
と、その時だった。
前触れもなくオレの部屋の扉が、やや勢いよく開かれた。
「悪い綾小路、ちょっと個人的な相談に乗ってもら――――」
そこから見えた顔は先ほどまで同席していた、一之瀬クラスの渡辺だ。
きっと一之瀬は万が一に備えての警戒をしていたはずだ。
誰かが不意に訪ねて来る可能性も考慮していただろう。
それでも最低ノックの1つでもある。
オレ自身も、無許可で玄関のドアを開けられることは想定の中にはなかった。
予期せぬパターンに、身体が硬直していたのだろう。
密着した状態から抜け出せず、一之瀬はただ驚いて振り返った。
「え――――っ――――？」
何も考えず扉を開けた渡辺自身が、誰よりも唖然とした様子で息を吐く。
現実には数秒。体感では数十秒。
私服から伝わる一之瀬の体温がスッと離れる。
密着していたことを、単なる事故、偶然として処理することは不可能だろう。
転びそうになったという建前の言い訳など第三者には通用しない。

渡辺も、最初は理解できていなかったがいつまでもとはいかない。

無論、状況の深刻さはオレだけじゃなく一之瀬も分かっているはずだ。

どんな反応を渡辺が返すか、それでこちらの対応は決まるんじゃないだろうか。

少なくともこの場でオレに出来ることはなく、両者に結果を委ねることになる。

「お、あ、え、あ、その、悪い、ノックしてなかった……からさ……そいじゃ！」

どうにもならない状況で渡辺が下した決断は、背を向けて逃げ出すことだった。

扉を閉めようとした渡辺だったが、それよりも早く一之瀬が動く。

そして扉が完全に閉まるのを手で阻止。

「渡辺くん」

「は、はいっ⁉」

敬語になった渡辺がビシッとその場で直立する。

「入ってくれるかな？」

「いやでも、その、お邪魔、だし、俺の用件なんて、大したことないですし！」

「入って？　お願い」

「……は、はいっ」

一之瀬の表情は渡辺に向けられているため、オレには見えなかったが、振り返った時に見せたその表情はいつもと変わらぬ皆に見せる微笑みだった。

慌てる、動じる、そんな様子はない。

間違いなく渡辺に見られた瞬間は動転していた。

だが、瞬時に切り替えどうするべきか自らの中で判断を下したんだろう。

玄関に渡辺を引き入れ、扉が閉じられると一之瀬はこちらに許可を取って鍵を閉めた。

先ほどは鍵を閉められないケースだったが、渡辺が入れば問題は解消される。

普段なら当たり前に気付けても、この緊急事態で冷静に事を運べるのは流石(さすが)だな。

「上がってくれ」

流石に3人ともなると、玄関で話すには狭い。オレは部屋の中に一之瀬と渡辺を通すことにした。

強張(こわば)った表情からは容易に感情が読み取れる。一番慌てふためくべき当事者のこちら側がどちらも動じていない。冷静な対処に恐怖するのも無理ないことだ。

テレビを切っていたこともあり、部屋の中は異様な静けさに襲われている。

強いられたわけでもなく自発的に正座をした渡辺は、生きた心地がしていないだろう。

「さっきのことだけど、アレは私が勝手にしたこと。綾小路(あやのこうじ)くんに非はないよ」

「もも、もちろん。もちろんでございます」

「その露骨な敬語の使い方はちょっと好きじゃないな」

「わ、悪い……」

「私が勝手に抱きついただけ。それは状況を見たから分かってくれていると思う」

落ち着いた確認に、ただただ渡辺は繰り返し頷(うなず)くしか出来なかった。

「私はいけないことをした。だから言えた義理じゃないことは承知の上だけど、渡辺くんは悪意に流される人じゃない。相手を陥れるためにこの話を広めたりする人じゃないことはよく知ってるつもり」

一之瀬は単なる口止めのやり方を用いない。相手の申し訳ないと項垂れる感情に入り込み良心の呵責によって封じ込めようとしていた。

少なくとも渡辺に対し恫喝し黙っていることを強いるよりも桁違いに効果がある。

「本当にごめんなさい綾小路くん——私が勝手なことをしたから」

「気にしてない」

「そう言ってくれるのは嬉しいけど、軽井沢さんが知ったら怒る……ううん、きっと強く悲しむから。どんな罰でも受けるつもりだよ」

オレが一之瀬をこの程度のことで罰しないことなど、百も承知だろう。

99％渡辺を抑えつけた彼女の、最後の1％を埋める作業だ。こうして分析している一之瀬の言葉、心理は当たっているはず。ただ、これをどこまで計算して行っているかは別問題だ。計算された賢さの中に無意識に現れる素の部分も混ざっている。

その割合は不透明で、だからこそオレでも読み切れる保証はどこにもない。

それからしばらくの間再び沈黙が流れた。

しかしいつまでも無言のまま、この時間を過ごすわけにもいかないだろう。

「とりあえず今日のところは2人とも帰った方がいい」

そう促す。一之瀬はその言葉をあえて待っていたようで、そうだねと呟いた。

ところが渡辺は動かず、立ちあがる素振りを見せない。先ほどまでの動揺は随分と落ち着いたようだが、何を考えているのだろうか。

「渡辺？」

そう呼びかけると、ふーっと深呼吸してオレと一之瀬の両者に視線を向けた。

「綾小路がどうとか一之瀬がどうとかの前に、俺が悪いんだ。人の部屋に入るのにノック1つしないなんて礼儀を欠いてたわけだし。こんなことが今回の件で黙ってる保証になるなんて思わないけどさ……。俺が戻って来たのは綾小路に相談があったからで、その、だから相談ついでに、俺の中学時代の話を聞いてくれないか……？」

確かに渡辺が戻って来た理由を聞いていなかった。

「じゃあ私は先に帰るね」

「ちょ、ちょっと待ってくれ。一之瀬にも……良かったら聞いてもらいたいんだ」

突然の提案だったが、その話を一之瀬が断るはずもなく立ち上がりかけた足を戻した。

相談事。それを渡辺は自らの過去を話し出すことから始めた。

「俺さ、中学2年生の時に運命の出会いをしたんだ。クラス替えで出会ったその子とはすぐに仲良くなった。最初のきっかけは単に席が近かっただけなんだけどさ、俺のことを面白いって言ってくれて。どんどん仲良くなっていった。修学旅行でも同じ班になって絶対に運命なんだって思った」

自らの恋。初恋ではないかも知れないが、渡辺にとって大きな恋だったことはその様子からも間違いはないだろう。

「何ならその子も俺を好きなんじゃないかって、そう考えるくらいには距離が近かったと思う。でもさ、その時の俺は何も知らなくて……。その子は隣のクラスの結構陽気なヤツと付き合ってたんだ。そんなことも知らないで好きな気持ちだけ募らせてた」

一方通行の恋。男女の違いはあれど、それは今のオレと恵、そして一之瀬に置き換えることもできる。

「毎日毎日電話して、他愛もない話を夜遅くまでして――」

楽しい想い出話をしている感じじゃない。苦々しい、そんな顔だ。

「でもある時、電話で凄く良い雰囲気になってさ。驚いたよ、その子が俺に好きだって言ってくれたんだ。嬉しくて、嬉しくて……。私のことどう思ってる？って聞き返されて。好きって答えるのにどれくらいかかったかな……多分5分くらいは言えなかった」

自嘲した笑いと、僅かな恥ずかしさと、そして情けなさを見せる表情。

「その子は別の男子と付き合ってた、んだよね？」

二股、といったことが最初に過るが、渡辺は否定する。

「いや……その前に振られてたみたいなんだよ。どれくらい前かは分かんないけど、多分俺と電話で話し始めた頃には関係は悪かったんじゃないかな」

つまり、完全にフリーになった上で距離の近かった渡辺を好きになってくれた。

それなら何ら問題はない自然な流れだ。

「俺はその時あの子の過去の恋愛なんて知らなかったけど、別に陽キャが振ってくれたおかげで、2番目の俺を好きになってくれたんだから。当時の俺はその背景も知らなかったし、とにかく浮かれまくったさ」

それから渡辺はその子と付き合いだした。

中学生ということもあり、公然とした付き合いではなく2人だけの秘密。携帯でやり取りして、時々お互いの家に遊びに行ったり。順風満帆だったようだ。

「これでもさ、2回だけキスしたんだぜ？　まあ、向こうからしてくれたんだけど……」

テレる、よりもどこか恥じるような様子。

そんな渡辺だったが、運命は3年生に上がった時に狂いだした。

そのクラス替えで、その子とは別々のクラスになってしまった。

そのクラスには渡辺が小学校から一緒だった親友の男子がいて、その男子がその子を好きになってしまったようだ。それが何を物語ったか多くを聞くまでもない。

「結局——電話で泣きながら謝られたよ。ごめん、もう付き合えない……ってさ。電話で好きだって伝えられて、電話で好きじゃないって伝えられる。笑えるだろ」

それからその子は、渡辺の親友と付き合い始めてしまった、と。

「それ自体はさ、仕方ないって思うけど……でもさ、辛かったよ。何より心にグサッときたのは、数か月後に俺の親友が、その子を振ってやったって笑いながら言ってたことさ」

渡辺とその子の関係は秘密。だからこそ、親友に悪気はなかっただろう。

もちろん知っていて、悪意を持っていた可能性も否定出来るものじゃないが。

「俺は恋愛に臆病なんだ……。もう誰も好きになんねーなんて思ってたのに、この学校入ってすぐに別の子を好きになっちゃってさぁ……なんだかなぁって思うだろ？」

明るく、前向きな渡辺。ただ恋愛に奥手なだけだと認識していたが、その過去には考えさせられるような記憶が刻まれていた。

「と、こんな感じ。すげーみっともない過去で誰にも話す気はなかったんだぜ？　だからこそ、その、信じてほしいって言うか……今日のことは誰にも話さないよ」

秘密の交換。今の渡辺に出来る精一杯の材料だろう。

差し出す必要のないカードを切り、無条件降伏であることを改めて言葉にした。

「今日の相談は、まあ、その、好きな子のこと。進展があったとかじゃなくて、こう、何となく友達に相談したい時ってあるじゃん？」

傍から見て今日の網倉はどうだった？　自分を見てくれていたか？　面白い話が出来ていたか？　そんなことを確認したかっただけのようだ。

「ホントは俺だけすぐ引き返すつもりだったんだ。だけど、一之瀬が携帯を忘れたって言ってたからちょっと時間をずらして……残ってるなんて思わなくて……」

もちろん渡辺としては混乱、錯乱していることだろう。

一之瀬がオレを好きなのではないかという話を、渡辺は網倉や姫野から聞いている。

そのためその部分に驚きはないだろうが、今回の焦点はそこじゃない。

「私の片思い。それ以上でもそれ以下でもないよ。私が綾小路くんのことを好きなことは麻子ちゃんや千尋ちゃんも知ってることだから」

もはや隠すことも出来ないと自分から白状する。しかしこれ自体は先ほども言ったようにその事実を知る者も少なくないため、それほど大きなカミングアウトではない。

「ちょっと忘れ物を取りに戻った時、魔が差しただけ」

「な、なるほど……魔が……」

一応は理解したと渡辺が頷くも戸惑いが消えないのは無理もない。

目の前にいるのは他でもない一之瀬だ。片思いだろうとなんだろうと、彼女のいる人物に対して強烈なアプローチをかけていたという事実は重い。

「今日の話を聞いて渡辺くんのことがよく分かった気がする。麻子ちゃんのこと、好きなんだよね？」

「うえっ!?　なな、なんでそれを!?」

「見てれば分かるよ。ここ最近、特に麻子ちゃんの姿を目で追ってるようだし」

今日の集まりの場だって、一之瀬でなくても気が付いただろう。

それだけ渡辺からの視線と熱意は凄かったし、隠し切れていなかった。

「麻子ちゃんは中学時代の同級生のことが今でも好きみたい。だけど、新しい恋に踏み出したいとも思ってるのは間違いない。もちろん麻子ちゃんの気持ちが誰に向くかは分からないけど、親友として渡辺くんだったら安心して任せられる気がするの」

これは一之瀬からの愛のある取引だ。渡辺は過去の秘密を話すことで許されようとしたが、一之瀬は更に保険をかけるつもりなのだ。網倉の現状がどうであるかの情報を渡し、場合によっては橋渡しの役を買って出てもいいと示す。

恋愛に臆病になっている渡辺だが、好きな網倉に対する気持ちは本物だろう。

本物だからこそ、勇気が出せず踏み込めないでいる。

ここで一之瀬の手を借りられれば、鬼に金棒。心強い助っ人だ。

100%の信頼関係から120%へと。完全に渡辺の感情は一之瀬の支配下に移る。

「ほ、ほんとに？　いいのか？」

「もちろんだよ。まずは、麻子ちゃんと丁寧に距離を詰めるところから始めないとね」

「あ、ああっ！」

嬉しそうに、やや興奮して渡辺が頷いた。いけないものを見てしまった気持ちはまだまだあるだろうが、それは少しずつ塗り替わっていく。

三角関係、見てはいけないスキャンダル。

そんなものは所詮他人事、一過性の話題、興奮に過ぎない。

話題を心の中に留めたなら一之瀬は敵に回る。

自分にとって優位なことが明確であれば、そちらを望むのは人として当然だ。

とどのつまり、自分の恋愛が成就すればオレや一之瀬が泥沼の悲劇を繰り広げようとも関係はない。

窮地に陥りかねない状況を、自然にコントロールして優位な方向へと持っていく。

一之瀬は神崎たちが不審な動きを見せていることは察知している。

ここで改革派の神崎サイドに寄っていた渡辺が一気に一之瀬の軍門に下ったことになる。

こうなってくるとオレとしても改めて判断には迷うところだ。

神崎たちに発破をかけてクラスを変えていくつもりだったが、既にオレがコントロールせずとも一之瀬がクラスを変え始めているとも言える。

これがクラスの強さに繋がるのか脆さに繋がるのかの判断がつかない。

となれば学年末まで様子見しても、遅くないのかも知れないな——。

3

午後8時を回った頃。

橋本は自室で1人、大きなため息を一度だけついた。

「やっぱ連絡はなしか。このままのんびり試験を迎えるつもりなんだろうな、あの女は」

放置していても、今までの功績を考えれば勝率は低くない。

70%か80%か。坂柳は手堅く、そして無難に1位か悪くても2位にとどめてくる。

だがいつまでもそれだけじゃダメだ。

この先Aクラスを確実にするためには、やらなきゃいけない大事なことがあるんだよ。

覚悟を決めて坂柳に電話をかける。自分がどう戦うかを見定めるための、その戦いだ。

『こんな時間に珍しいですね橋本くん』

電話の向こうからは控えめなクラシックと共に坂柳の声が聞こえてきた。

「電話で悪いな姫さん」

『構いません。用件をお聞きしましょうか』

落ち着いた様子からも、話すだけの時間が十分あることは簡単に推察できる。

「今日のお茶会は楽しかったんだが、やっぱり耳に入れておきたいことが幾つかあってさ。俺なりに色々と探りを入れた結果、あの危険性はなさそうだったからな。安心してもらうためにもその報告をしておこうと思ったのさ」

まずはジャブだ。より反応を探るための流れを作り出す。慌てずゆっくりいく。そのために、帰ってからは何度も脳内でシミュレートしたんだからな。

『あの危険性とは何のことでしょう』

この女は分かっていて、分からないフリを平気でしてくる。

敵に対してそれをするならまだしも、どちらかと言えば味方に対してだ。

自らが全てを決め楽しむため、勝手な情報を耳に入れたがらない。

「決まってるだろ？　3クラスが手を組んでAクラスに仕掛けてくる可能性さ。3クラスが手を組めば得点の多くを操作できる。真っ当にやれば勝ち目はないからな」

『それはまた随分と小さなことを恐れていらっしゃるんですね』

　３クラス敵に回すことが小さなことかよ。こっちがその可能性があるかないかを神経摩り減らしながら探りまくってたってのに。

「恐れるさ。姫さんはそうじゃないかも知れないが、俺にとっちゃ徒党を組まれるのは脅威そのものだ。Ａクラスに集中砲火を浴びせることが出来るんだからな」

『彼ら彼女らの３クラスはＡクラスに上がるために必死です。特別試験で、１ポイントでも多くクラスポイントを獲得したい。Ａクラスを引きずり下ろすためだけの目的で手を取り合うのは容易ではありませんよ』

　言ってる意味が分からないわけじゃない。Ａが最下位になっても上が落ちるだけ。特に一之瀬、龍園のクラスは旨みがあるようで薄い。綾小路、堀北のクラスが１位を取れば損になる見方も出来るからな。

「それでも実行できる奴が陰に潜んでいれば別だろ」

　綾小路が俺の思っている通りの人間なら、やってやれないことはないだろうさ。

『可能性を全否定はしません。しかしそれを伝えるためにわざわざ電話を？』

　まるで無駄な時間ご苦労様とでも言いたそうだな……。

「いいやまだあるぜ。むしろここからが本番さ。俺は何とかクラスの役に立ちたいと思ってる」

俺は今日まで、次の特別試験に向けて集めた情報を可能な限り坂柳に伝えた。

高円寺が堀北と約束を交わしていて、守られることになっていること。特定はできなかったが、龍園がうちのクラスの生徒に接触しているようで悪だくみをしていること。

他クラスの生徒で誰を優先して退学させるべきかなど。

それ以外にも細々とした、凡人には意味のなさそうな情報までだ。

「――と、これが俺の今持ってる堀北クラスの情報さ」

買ってもらいたいのは熱意。

盤石なAクラスにしたいが故の行動であること。

『随分と熱心に情報収集なさったようですね、橋本くん』

こちらの希望が叶い、まさに熱量が電話越しにも伝わってくれたようだ。

「当然だろ。驚異的にクラスポイントを稼いでるライバルの筆頭だ。どんな些細な情報だって手に入れておきたいし姫さんには共有しておきたい。本当はあのお茶会で話せれば一番だったんだけどな」

『努力家ですね。愛ではなく情報のために前園さんともお付き合いを？』

そう来たか。坂柳には足はないが多くの目がある。前園とは何度も表でデートをしているし目撃情報なんて驚くことじゃない。慌てるな、落ち着いて対処しろ。

「ま、それもまた戦略ってヤツさ。どこでそのことを？」

『あなたが最近、彼女と接触を多く持っていることは察知しています。真澄さんに聞かせた綾小路くん脅威論の音声データも、彼女が用意したものなのでしょう』

「やれやれ。それ話したのかよ真澄ちゃん」

流石に心臓に悪い。

最悪の予測をしてなけりゃ、ビビり倒してるところだ。

神室を問い詰めても「坂柳に話すなとは言われてない。言われてたとしても話すかどうかは私が決める」なんて風に平然と返してくるだろうな。

「とにかく情報を活かしてくれよ姫さん」

『ご厚意は素直に受け取ります。どこまで役立てるかは未知数ですが有効活用はさせて頂きます』

「聞き間違いじゃなければ、情報を活かしたくないように聞こえるぜ」

『私は既に基本となる戦略を立てています。あなたの集めた情報だけを信頼し、頼りにするようなことはない、ということです。しかし聞いてしまった以上は、必然それを取り込まざるを得ない部分もありますが』

知った以上無かったことにはしないが、嬉しくはなさそうだ。

「余計なことだったと？」

『はい。特別試験の最中に予期せぬことが起これば、それはそれで楽しみに繋がる。あなたはむしろ私の楽しみを幾つか奪う行為をしたんです』

相変わらず、ホントバカげたことを言ってくれる。

クラスを私物としか思わず、Ａクラスの特権のために戦おうとすらしていない。単なる道楽。そんなもんにこっちを巻き込んでくれるんじゃねえよ。

「それで今回、勝てる保証があるのかい？」

『私は負けませんよ。傍で見ていれば分かるでしょう』

その強気とこれまでの結果だけなら、俺は強く心配していなかったかも知れない。

それだけ、情報を仕入れ過ぎた。

綾小路の存在が、俺の計画に大きな変更を加えさせてしまった。

「ったく……いつも自信満々だな。分かったよ、だったら俺の言ったことは気にしないでくれ。トラブルが起きない限り傍観させてもらうことにする」

こうなっては、食い下がったところで意味はない。

俺は俺で、この電話で出来ることは全て吐き出したつもりだ。

『そうしてください。では』

途中から、声は普通だったが不愉快な気持ちを抑えつつ電話してたようだったな。

坂柳は助けを嫌う。自分で集めた情報と自分の頭だけで戦いたがる。

だからこうして、思わぬ形で情報を提供されたことに苛立った。

最善じゃないにしても、多少なりスカッとするぜ。

「ざまあみろ」

軽く一矢報いたところで、それでもまだ俺の戦いは終わったわけじゃない。

ここからが本番、なんだからな。

坂柳に電話するまでの決意の何倍、次の行動に決意が必要になるかは分からないが、俺が勝つための戦略を実行する。

○攻防の四角形

前日のうちに教師たちは特別試験の準備を済ませていたようで、朝いつも通りの時刻に登校してくると教室の中は少しだけ姿を変えていた。

堀北たちが座る最前列の机5つをやや前に押し出し、押し出された各机にはタブレットとそれに付随してペンが置かれていた。更に各机には端に仕切りが設置されており、左右を覗くカンニング防止策も行われている様子。

もっとも仕切りが無かったところで、タブレットには覗き見防止フィルターも施されていることだろう。そのことからも仕切りが果たす役目は、どちらかと言えばアイコンタクトなどによる間接的な情報伝達阻止かも知れない。

元々最前列の席だった生徒たち5人が座るために設置されたと思われる机と椅子が新たに5つ、最後列の後ろへと配置されていた。

指名された生徒最大5名が、最前列の席に座り問題を解く形。

教師が間近で監視するであろう体制では安易なカンニングも不可能とみていい。

「昨日は眠れたか？」

ちょうどオレの後ろに位置する席についたばかりの堀北に、そう声をかける。

「普通よ。もう出来ることもないし、あとは体調管理を適切に行うことだけだったから」

「初めての無人島試験じゃ熱を出して大変だったもんな」

「うるさいわね。刺すわよ」

「悪かった」

何で刺すのかは分からないが、何で刺されるのも嫌なので謝っておく。

「あなたは余裕？」

「全然余裕じゃない。むしろ迷惑をかける側になるかも知れないからよろしくな」

少なくとも坂柳(さかやなぎ)や一之瀬(いちのせ)が正攻法な学力問題でオレを攻めて来ることは絶対にない。

「悪いけれどあなたにプロテクト枠は絶対に使わないから」

「絶対かよ……」

最初から守ってもらえない立場というのも虚(むな)しいものだ。半分冗談だとは思うが、援護は期待できないと思っておいた方がいいな。

それから間もなく、欠席者もなく堀北クラスの生徒全員が揃(そろ)ったことを確認すると、茶(ちゃ)柱(ばしら)先生は健闘を祈ると言葉を残し教室を後にした。

この手の特別試験では、自クラスの担任教師ではなく他クラスの担任教師が試験を監視することが恒例となりつつある。不公平を生まないための必然措置だ。

その後程なくして教室に現れたのは、龍園(りゅうえん)クラスの担任である坂上(さかがみ)先生。

「今回、このクラスの担当官を務めることになった坂上です。本日の特別試験、その攻撃の順番と注意事項を伝えます」

落ち着いた口調で手短にそう言うと、坂上先生は以後口を閉ざした。
無言でタブレットを操作し、モニターに配置と注意事項を表示させる。

特別試験　配置

①Bクラス↓②Cクラス
→　　←
④Aクラス←③Dクラス

注意事項
原則としてトイレは4ターン毎の10分間の休憩時間のみ
10ターン（前半戦）終了後に40分間の休憩、昼食時間を設ける
私語、また携帯の使用は指名を受けた者たちが問題を解いている時間を除き自由
体調不良等で試験の続行が不可能、及び支障があると判断された生徒は脱落扱いとする
カンニング行為が発覚した生徒は直ちに脱落扱いとし獲得していた得点を没収する

注意事項については新しい情報も含まれていたが、この辺は特に驚くようなことは何もない。指名された生徒が仮病などで攻撃から逃げたりする手は使えないし、遅延行為も認

めない。そういうような話だ。普通の筆記試験と違い問題は参加者毎に異なることから、トイレで隠れて答えを教え合うような事態にもならないため、他クラスの生徒が鉢合わせても問題のない緩い縛りだが、どちらにせよ携帯が使える時点で関係ない。

発表されたクラス配置、攻撃の順番。こちらの方が重要だろう。

まずBクラス、つまり堀北のクラスからターンは始まり、一之瀬のCクラスを攻撃。続いて一之瀬が龍園のDクラスを、そして龍園が坂柳のAクラスを攻撃する流れ。最後に坂柳のAクラスが堀北クラスを攻撃して1周、合計10ターン繰り返す。

これが後半戦になると反時計回りになるため全てが逆になる。

堀北はモニターを見つめ攻防の流れを確認した後、すぐに携帯と向き合い始めた。

この時点で堀北の龍園クラスに対する戦略は全て不要になった。

一之瀬クラスと坂柳クラスへの攻防策を頭から引っ張り出す作業に移ったはずだ。

あくまでも表面的な部分だけで評価するなら、正攻法しか取らないと思われる一之瀬クラスの相手となったことはプラス材料だ。一方でクラスの総合力に加えて鋭い読みを持つ坂柳と神経を摩り減らしながら対決する必要があるのはマイナス材料と言っていい。

どんな結果になるのか、オレは参加者の1人として見物させてもらうことにしよう。

と、そんな悠長なことも言ってられない。

今回の特別試験における、16のジャンルを改めて振り返る。脱落＝退学の解釈を不必要にするつもりはないが、2年間の特別試験を顧みても、オレですら退学のリスクを強く背負うことになる珍しいルールだ。勉学においては確実に乗り切れるが、そうではないサブカルチャー、芸能などのジャンルはハッキリ言って凡人以下。事前に3つの除外で守れる部分があると言っても、やはり答えの分からない問題に出会う確率は相応にあるわけで、あっさりと脱落者になってしまう可能性は否定できない。

坂柳と一之瀬で示し合わせてオレだけをこのクラスの脱落者に仕立て上げ、最下位になれば、避けようのない退学が待っているわけだからな。

これを1人の学生として不条理なルールだとは思わない。むしろそんな試験だからこそ輝ける者も出てくるはずだ。新たな才能の存在を周知させる場でもあるだろう。

「ではこれより特別試験を開始する。1ターン目、最初の攻撃側であるこのクラスには、事前に説明してある通りジャンルと難易度を選択し生徒5名を指名してもらう」

特別試験開始を告げる合図が坂上先生から発せられる。

一度の攻防で使える制限時間は僅か3分。けして時間に余裕があるとは言えないだろう。自分たちのターンは考える場ではなく考えた結果を伝える場だ。他クラスの動きを観察している時間の方が遥かに長いため、その間に話し合いを行うのがベターな流れ。

唯一動きが止まるとしたら、予期せぬ事態に遭遇した時くらいでしかない。

「右も左も見えないスタート。事前に平田くんたちと打ち合わせた通りに進めていくわ」

しっかりと確認を含めて言葉にし、堀北はメインとなるタブレットに手を伸ばした。

話し合いに参加していないオレはどんな方針で戦うつもりなのか情報を持っていない。

ジャンル、難易度、指名者は担当官に口頭で伝える決まりだ。

堀北の指示を通達された坂上先生は、直ちにモニターへと意思を反映させる。

ジャンル　『英語』難易度　1

攻撃側指名者
『小橋夢』『渡辺紀仁』『墨田誠』『二宮唯』『柴田颯』

ジャンルは英語。そしてターゲットは一之瀬のクラス内でも学力の高くない生徒たちをチョイス。戦術の核となるであろう一番物差しで測れるジャンルによる一手、外さない手堅い選択だ。難易度はまだ得点が0のため選択の余地はない。

トップバッターとなったことも踏まえれば、学力関連のジャンル選択は当然の流れでもある。問題の傾向、標準の難易度がどの程度なのかを、この1問目を足がかりに堀北クラス、他クラスも把握していくことになる。

ただ一之瀬クラスは非常にバランスの取れた学力の生徒が多く、在籍している生徒は全員が現在学力C－以上の持ち主ばかり。必然的に指名する生徒が重要になるのだが、誰がどの科目を苦手にしているのかは過去に実施されてオープンになった結果か、あるいは個々のやり取りの中でしか判別できない。

学力以外の、変則的なジャンルは相手の隙を突きやすい。

サブカルチャーや芸能などに詳しくない生徒にとっては致命傷になりやすいからだ。

しかし初手で攻めるには勇気がいる。変則だからこそ、学業よりも得意不得意の判断も難しく、また難易度の想定もし辛いからだ。

さて一之瀬が誰をプロテクトするのか。その部分を静かに見守る。

防御側の指名が終わったため、画面が切り替わった。

防御側プロテクト成功者
『二宮唯』『渡辺紀仁』

「これって2人には守られちゃったってことだよね？」

モニターを見て、状況がハッキリ理解し切れていない西村が堀北へと確認する。

「……そういうことになるわね。これで一之瀬さんクラスには無条件に2点を獲得された。あとは残る3人の正誤で加点があるかどうか決まる状況よ」

一之瀬クラスの中で英語を除外している生徒は3名。リーダーを除き36名から指名できる権利を持っていたが、うち2名をプロテクトで守られてしまったのは喜ばしい確率ではない。

素直に英語が得意でない生徒たちを狙った結果のようなので無理もないが。

1ターン目だからなのか、随分と素直な攻撃をしたものだ。

相手クラスに開示された課題の問題がこちらにも表示される。

『次の文章の意味が通るように1単語を足した上で【　】内を並べ替えよ』

誰もが成長するためには、ある程度の苦労が常に必要だ。

【everyone/amount/necessary/always/a/grow/of/hardship/for/is/to】

「な、何だよこれ、難しくねえか⁉」

そう頭を抱え立ち上がった池たち一部からの叫び。

と同時に、堀北や洋介といった勉強のできる生徒たちは複雑な表情で顔を見合わせる。

「まさにそれなりの難易度、って感じだね」

「そうね。普通に勉強していれば然程難しくはないわ」

標準と言われた問題文を見て、クラスの思考は真っ二つに分かれただろう。

曲がりなりにも安定した学力を持つ生徒を豊富に抱える一之瀬クラス。

その下位のメンバーがどれだけの成果を挙げてくるか──。

最初の課題に挑んだ残る3名の結果がモニターに反映される。

課題正解者
『小橋夢』『柴田颯』

これでプロテクトの2名と合わせて合計4点。十分過ぎる出足だ。

次に一之瀬クラスが龍園クラスへと攻撃を仕掛ける。ジャンルは『経済』だ。

それを受けた龍園は、プロテクトで1人守ることに成功する。

しかし正解者を1人も出すことが出来ず結果1得点の獲得のみに終わった。

勉強を不得意にする生徒が多い弊害が早くも顔を覗かせ始めている。

比較すると一之瀬に4点を与えてしまったのは痛いが、落胆などしている暇はない。

こちらも防御側の時に4点以上を取れば帳消しに出来るチャンスがある。この特別試験は相手にプロテクトされない、正解させないことも大切だが、重要なのは自分たちが防御側として高い正解率を出すこと。守備に成功して初めて得点が入るためだ。

龍園クラスの攻撃では坂柳がプロテクトで1人を守り、3人が課題に正解し4得点。

そして1ターン目の最終。坂柳クラスからの堀北クラスへの攻撃が始まる。

「いよいよだね」

「ええ。坂柳さんがどう攻めて来るか……」

坂柳によって選択されたジャンルが告知される。

ジャンル　『計算』　難易度　1

　計算のジャンルでは、単純に足し算や掛け算を頭の中で行うものから、穴埋めをして正解を導き出すものもあるだろう。難易度1ではどれだけのものに挑むのだろうか。計算を苦手とする生徒は意外と多く堀北クラスでは7名が除外項目に選んでいるほどだ。

　だが何と言っても注目ポイントは高円寺の扱いだ。

　約束を遵守することを前提に考えるならプロテクトで守る必要がある。

　無人島試験では溢れる才能を発揮した男だが、基本的には自由気ままでお世辞にも特別試験に対して積極的に頑張る姿勢はない。しかし学力が高く勘の鋭い高円寺を、わざわざ他クラスが集中して狙う理由は少ないだろう。

　だが約束は約束。それを踏まえた上でどう判断するのか――

　防御側プロテクト対象者
『園田千代』『市橋瑠璃』『沖谷京介』『池寛治』『牧田進』

　堀北が指名したプロテクト者5名の中に高円寺の名前はなかった。

　特別試験など眼中にない高円寺だが、その結果に一切反応する様子は見せない。

「お、おい鈴音。いいのかよあいつを守らなくて」

ずっと高円寺のことを気にしていたと思われる須藤から慌てた声が飛ぶ。

「脱落者になって初めて退学の危険性を負う試験。二度問題を間違えるまでは支障がないと判断したの。彼を初手から守る理由は他にないわ」

「それは、まあ、確かにそうか……」

一瞬驚いた須藤ではあったが、すぐに納得する。

「その代わりと言っては何だけれど、当然出された課題に対して、高円寺くんが真面目に解答しようと白紙にしようと自由だわ。それで構わないわよね？」

その口ぶりからも事後承諾のような形だが、高円寺に気にした様子はない。

「好きにしたまえよ」

退学にさせないと約束しているからと言っても、赤子を守るように一から十までというわけにはいかないからな。堀北の処置は最低限の必須戦略だと言える。

それに解答は自由にして構わないとの確約をしたが、実際に指名を受ければ高円寺も無意味な脱落は避けてくる可能性があるのではないだろうか。99％守ると言われていても人は普通1％の不安を残すもの。自ら首を絞める真似をすることはない。

防御側プロテクト成功者

『沖谷京介』『池寛治』

攻撃側指名者
『石倉賀代子』『菊地永太』『井の頭心』

堀北は見事、最初の防御で2名をプロテクトで保護することに成功する。

これは大きな2得点だ。1ターン目ではあるが、まずこの時点で3位につける。

これから課題に挑む3人全員が正解すれば暫定1位となるが、果たして。

緊張した面々が前の席に座りタブレットに表示される問題と向き合う。

解答が終わるまでの間、私語等は一切厳禁のため、傍観者たちは静かに見守る。


『制限時間1分・15×24×16＝？』


掛け算の問題が出題された。当然ながら、3名は暗算で解くしかない。

筆算さえできれば簡単に導き出せる答えも頭の中だけとなると難易度は跳ね上がる。イージー問題に見えるが、解答者の慌てようを見ていると苦戦しているのは明らかだった。

1分はあっという間に流れ、その結果は……正解者1名。

石倉を除く2名が正解を外してしまい、申し訳なさそうに席に戻った。

指名者とその結果を受けて、オレは1ターン目から坂柳の面白い選択に好奇心を抱く。

クラスの中でも石倉は数学に強い生徒だ。多少求められる方向性が異なるとしても計算である以上数字は関係してくる。わざわざ正解されるリスクを取って選択する必要はなかったはずだ。除外の7名以外にも狙えそうな穴は幾つかあるのに、だ。

石倉の能力を理解していないだけという可能性もないことはないが、坂柳は1年生の最後に行われた学年末試験で数学の問題に挑む石倉を見ている。適当な生徒ならいざ知らず、それを坂柳が見落とすことは考えにくいが。

もしくは石倉のような計算が得意な生徒はプロテクトで守らないと判断し、確実に課題に挑ませるために選択した可能性もある。

一連の攻防が終わり、これで1ターンが終了した。

幸先としては悪くない3得点で、無難な立ち上がりを見せたと言っていいだろう。

続く2ターン目、再び攻撃側として堀北は5名を通達。

一之瀬クラスはプロテクト枠を全て外すも、2人が正解し合計6点。

龍園クラスはプロテクト枠1人、正解1人で合計3点。

坂柳クラスはプロテクト枠1人、正解3人で合計8点。

まだ始まったばかりだが、僅か2ターン目にしてじわりと各クラスの差が広がり始める。

そして堀北クラスの二度目の防御ターン。

坂柳の選んだジャンルは計算から変更されグルメ、難易度は1。

オレは聞かれていなかったが、クラスメイトからこの手のジャンルに対する得意不得意は確認済みだろう。堀北は迷いなく5名のプロテクト者を坂上先生に伝えた。

防御側プロテクト成功者

なし

攻撃側指名者

『高円寺六助』『長谷部波瑠加』『平田洋介』『幸村輝彦』『小野寺かや乃』

残念ながらプロテクト枠は全て空振りに終わってしまう。

ここでの問題はその先、相手に指名された人物の一覧にあった。

2回目で、早くも高円寺の名前が5名の中で先頭に表示されていたこと。

長い20ターンの戦いだ、高円寺が指名されることだってあるだろう。何も特別なことじゃないが……重要なのは高円寺が自力正解できる課題だった際にどう行動するかだ。

『フランス料理を食べる際、ナイフとフォークがお皿の上に『八』の字に置かれている意味を答えよ』

オレが学校に入学してから知った知識でも十分に正解できる簡単な問題だ。

しかし高円寺の結果は――白紙による不正解。

後ろで見ていてはっきりわかったが、ペンを持つ動作すらしていなかった。

残る4名の結果だが、残念ながら啓誠が解答を間違えてしまったようだった。不正解が告げられた直後、正解を思い出したのか悔しそうに机を叩いた。

結果としては残念な部分はあるが、ともかく3点を獲得。これで合計6点。

「おい見てたぞ高円寺、やっぱり真面目にやる気はねえんだな……！」

怒鳴りはしないものの、須藤が怒りを露わにする。これは単なる個人的な感情ではなくクラスを代表し率先して行う注意に該当する行為と言えそうだ。

解こうとする姿勢すら見せないのでは、不満を向けられても仕方がない。

「私を責めるのはお門違いだよ。不満があるなら次から守ってくれれば万事解決するさ」

「くそ、好き勝手言いやがる……」

不満を抱くのも無理はないが、2問間違えるまではそれほど気にする必要もない。

白紙解答にも我関せずのスタンスを貫く堀北に、クラスは安心感を覚えているだろう。

約束を守らず高円寺を退学させる暴挙に出たなら問題だが、貴重なプロテクト枠を無意味に使ってほしくないのが本音だろうからな。

高円寺は堂々と構える堀北の方を一瞬見てニヤリと笑い、自らの席に戻って行った。

一方、純粋に問題を間違えてしまった啓誠が堀北の下へ謝罪に来る。

「すまない堀北、緊張のせいか答えがすぐに出なかった……。分かってたはずなのに」

「あなたのことはそれほど心配していないわ。けれど、もし立て続けに同じジャンルで攻めて来られた時には念のため一度守らせてもらう。いいわね？」

坂柳(さかやなぎ)は隙を見逃さない。だからこそ危険を感じたら手堅く守るとの判断を受け啓誠は素直に頷(うなず)き、堀北もそれに頷き返した。

幕を開けた戦いはこうして攻防戦を繰り返していく。生徒たちは問題がオープンにされる度、自分たちの対策として携帯の画面を見つめることに余念がないだろう。

一方で、リーダーは指名される心配はないが、誰よりも休む時間がない。

相手に対する出題をどうするか、指名者を臨機応変に変えていく用意が出来ているか。

喋(しゃべ)る余裕もほとんどなく携帯や時には開いておいたノートへと走り書きしていく堀北。

続く3ターン目の坂柳の攻撃が回って来た。再びグルメの問題で攻めて来る。

しかも難易度は変わらず1。簡単な問題だったことや、こちらが3人自力で正解したことからも同ジャンルはないと思ったが、相手の狙いは違うらしい。

高円寺、啓誠と強力なクラスメイト2名が間違えた部分を隙と見たのだろうか。

ここは事前に伝えた通り、堀北は啓誠をプロテクトで守りつつ残りの4名を選択する。

しかし――。

防御側プロテクト成功者　なし

攻撃側指名者
『高円寺六助』『宮本蒼士』『伊集院航』『佐藤麻耶』『東咲菜』

これで2連続高円寺を指名してきた。しかも残りのメンバーはがらりと変更して。

反対にプロテクトで守った啓誠を坂柳は指名して来なかった。

「読まれた、かしらね……」

言葉通り攻防戦は読み合いだ。同じジャンルで攻めれば脱落を防ぐために防御側が動くのは定石。なら当然守られる可能性のある啓誠を狙う意味はない。

だが、それは高円寺も同じだ。

高円寺と啓誠の両名、坂柳の中でどう判断基準が違ったのか。

1つ確かなのは、こちら側の心の内を見透かしたかのような的確な読みだということ。

再び席を立った高円寺は、堂々と歩き出す。

「高円寺くん。クラスの約束として君に強要は出来ない立場だ。だけど、自分のためにもここは正解しておくことが無難だと僕は思う」

全員が解答席に着座し時間が来た時点でギャラリーの私語は厳禁。

そのためすれ違いざまに洋介はそうお願いするしかなかった。

だが自分が次ターン以降守られることを一切疑っていないのか、高円寺はまたも白紙で解答。それにはクラスメイトたちも感情を抑えきれないが、救いは残る4人が正解したことだろう。

言い換えればこの3ターン目の問題はより簡単で常識問題だった。

だからこそ高円寺がしっかりしていればプロテクト枠を外していても満点を取れるチャンスがあっただけに素直に喜びきれない部分もある。

3ターンを終えた順位は1位坂柳クラス11点、2位堀北クラス10点、3位一之瀬クラス9点、最下位龍園クラス5点。高円寺が機能していれば12点で首位だった。

洋介のお願いにも一切耳を貸さない以上、どうすることも出来ないわけだが。

開幕から堅調に1位をキープする坂柳クラスは早めに止めておきたいが、前半戦は見守ることしか出来ず全ては龍園の手腕にかかっている。だが、その龍園クラスは今現在、攻守どちらにも明らかな出遅れ、苦戦を強いられているようだった。

読み合いや運というよりも、クラスメイトの抱える能力差が如実な印象だ。

続く4ターン目、堀北の防御ターン。

ジャンル　『グルメ』　難易度　2

ここで坂柳はまさかの三度連続で同じジャンル選択。

ただし今度は難易度が2に上がっている。つまり1得点を消費して攻めて来た。

「またグルメかよ。何考えてんだよ坂柳の奴」

だが難易度よりも執拗に同じジャンルを選択したことに気を取られる生徒たち。

早々と高円寺が脱落リーチとなったことで、攻勢をかけていくつもりなのか否か。

先ほどの1回目、2回目と立て続けに簡単な問題だったこともあり、全クラスで初めて難易度を上げたと思われる。実験的試みもあるのだろう。

「いくら何でも、ここで高円寺は狙ってこない……よな？」

「分からないんじゃない？　むしろ高円寺くんを落とすチャンスだと思ってるかも」

ここまでグルメを連続で白紙解答、ミスしている高円寺にはもう後がない。リーチになったからこそ守るべきなのか、リーチだからこそあえて狙ってこないと見るべきなのか。

このジャンル選択は明らかに高円寺を軸に敵が揺さぶってきている。

ただ、普通のクラスとは事情が異なるのがこのクラスだ。

駆け引き以前の問題。ここで白紙を貫けば高円寺はクラス第一号の脱落者になる。

つまり事前に守ることを約束している以上、義を通すなら堀北は動くしかない。

相手が狙ってくれているのなら、高円寺のところで1点を確保できる流れだ。

堀北に注目が集まる中、口にした5名の中に高円寺の名前はなかった。

防御側プロテクト成功者
『篠原さつき』『須藤健』

攻撃側指名者
『高円寺六助』『外村秀雄』『三宅明人』

ここまでは比較的静かに見守り続けたクラスメイトたちにも困惑が見て取れる。

「ほ、堀北さん？」

誰よりも驚いたのは洋介だ。約束を守ると信じて疑わなかったこの男が立ち上がった。

「いいのかよ鈴音、だって高円寺これで外したら脱落だぜ？」

須藤も同様に問いかける。しかし堀北は答えを返すことなく静かに前だけを見つめていた。その状況に唯一顔色を変えなかったのは、一番焦るべき当人の高円寺だけ。

「フッフッフ。やってくれるね堀北ガール」

深く考えの及ばない者にとっては、堀北が高円寺を見捨てたようにしか見えない。約束を反故にする人間。そんなレッテルを張られかねない背信行為だ。ここでクラスからの信頼を失うことは、満場一致特別試験からの流れを思えば得策とは言えない。

高円寺はそれ以上何も言わず、他の生徒同様に前に来て着座する。

問題は先ほどまでの2問よりは確かに難しい。クラスの中で顔を見合わせたり、首を傾げて分からないとアピールする生徒の姿もチラホラと見られた。普段、高円寺がどれほどグルメに詳しいかは分からないが怪しい雰囲気が漂う。

そして3名が解答に移る。
ここまで二度ペンすら手に取らなかった男が、ついに動いた。
見ている分には、スラスラと淀みなく手が動いている印象だが、果たして……。

課題正解者『高円寺六助』

正解者の欄に初めて、高円寺の名前が表示され白紙と誤った解答を回避した。
つまり脱落を避けるために高円寺は問題を解いてきた。
「なんだよ高円寺。やっぱおまえも何だかんだ言って不安だったってことかよ！」
真面目に解答した高円寺をからかいつつ、安堵した須藤が高い声でそう投げかけた。
嫌う相手でも脱落などしてほしいとは思っていない、そんな態度の表れだ。
「どう考えるのも君に任せるさ」
高円寺の考えのほどは分からないが、常識に照らし合わせれば当然の行動。
正解しなければ脱落し、退学者候補になるのだから当然だ。
だが今の攻防での気がかりは堀北の選択だろう。
二度間違えた高円寺の脱落の危機にプロテクトをしなかったという事実。
追い込まれたら真面目に解答すると踏んだにせよ、間違えればアウトの状況。
正解できる自信があっても守らなければならない場面だった。

そのことにクラスは不安を覚えるが、洋介すらも簡単には真相を確かめられずにいた。

もちろん当事者であるこの男だけは例外だが。

オレの横を通って堀北の前に立った高円寺が、呟く。

「どういうつもりかな？　弁明があるなら聞こうか」

「弁明？　何か問題でもあったかしら」

「ほう？」

悪びれた様子もなく高円寺を見上げた堀北の眼を見て、高円寺が微笑む。

「あなたは脱落していない。退学の心配は今のところないはずよね？」

「しかし私が正解しなければ脱落していた。それはどう考えるかね？」

「でもあなたは正解したわ」

「フッフッフ、確かにそうだねぇ。これは失礼、私の早合点だったようだ」

「誤解が解けたのなら席に戻ってもらえるかしら。あなたは大きいからモニターが見辛くて仕方がないのよ」

明らかに見捨て突き放したかのようなやり取りに、高円寺を除き困惑は鎮まらない。

オレが堀北の考え、高円寺を守らないことの有用性の説明をして安心させるよう動くことも出来たが、もちろんこの場は静観を続ける。

無意味にクラスメイトを不安にしたいのではなく、別の狙いがある。

リーダーである堀北がクラスメイトに説明しないのが何よりの証拠だ。

目の坂柳による攻撃でも堀北は高円寺をプロテクト対象者に指名しなかった。
堀北は生徒から向けられる怪訝な視線にもブレない。より重要となるであろう5ターン目の坂柳による攻撃でも堀北は高円寺をプロテクト対象者に指名しなかった。

だがそれと同時に、高円寺の名前が攻撃対象者の指名からも消える。

他の生徒たちにしてみれば、高円寺にはプロテクトがないのでリーチとなった以上狙い目になるのだが、それを坂柳は避けてきた形だ。

難易度2のグルメにただ1人正解したこともあり、真面目に解答する高円寺を手ごわい相手と認識した可能性はありそうだ。

ここで多くの生徒はこう誤解しただろう。高円寺が白紙ではなく自力で解答したことでこれ以降の間違いを期待できなくなった。だから指名を避けるようになった。

仲間の信用を失うかもしれない危険な賭けに勝った堀北の読み勝ちだ、と。

高円寺の名前が指名になかった。その結果を受けて堀北の表情が曇る。

「やっぱり、簡単には相手も乗ってくれないわよね……」

席が近いオレだからこそ、そんな独り言の小さな呟きを拾うことが出来た。

前半戦、幾つか見どころのある攻防戦を楽しみながらターンは消化されていく。

どのクラスにも言えることだが、時間の経過と共に問題を間違える生徒は着実に増えて行き、ついに7ターン目が終了した時点で龍園クラスから石崎が脱落者第一号として名前を刻んだ。そこから続く8ターンには堀北クラスの外村と伊集院が同時に脱落し、同ターン龍園クラスの磯山、矢野が脱落。坂柳クラスからは神室。前半戦最後となる10ターン目が終了する段階では堀北クラスから本堂、龍園クラスから諸藤、そして坂柳クラスからは山村が脱落した。

前半戦終了時点
1位　坂柳Aクラス　29点　脱落者　神室　山村
2位　堀北Bクラス　28点　脱落者　外村　伊集院　本堂
3位　一之瀬Cクラス　24点　脱落者　なし
4位　龍園Dクラス　19点　脱落者　石崎　磯山　矢野　諸藤

全部で9人の脱落。多いようにも思えるが後半戦はさらに加速するだろう。既に2つ間違えてリーチをかけられた生徒が続々と出現しているためだ。

そんな中、一之瀬クラスだけは未だに脱落者が0のまま。

これは一見すると一之瀬のファインプレーのように見えるがそうじゃない。

「作戦が上手くいったね、堀北さん」

洋介が健闘を称えるように、堀北にそう声をかけにきた。

「ええ。やっぱり彼女のスタンスはこの特別試験でも変わらないわね。そのお陰で何とか抑え込むことが出来たわ」

クラスメイトのどれだけが、対一之瀬戦略を繰り広げていた堀北に気付いただろうか。

脱落者が0のままであった理由。それは攻撃する堀北が相手のリーチ者を5名に意図的に留めたからだ。一之瀬はクラスメイトを絶対に守る。だからこそ6人目のリーチ者を作り出さないように分散させて攻撃を続けた。

一方の一之瀬は攻撃を散らされると分かっていても、リーチ者を守り続けたと思われる。5人がリーチになってから一度もプロテクトに成功していない。

誰か1人でも守らなかったことで脱落すれば、退学の可能性が生まれてしまうからな。

「だけど本当に彼女はブレないわね。普通ならこんな無茶な守り方はしない。前半戦を守り切れたとしても、後でどんどん苦しくなることが分かっているから」

それを裏付けるように、4クラスの中で最も1問間違えた生徒数の多いクラスになってしまっている。

「後半戦一之瀬さんは龍園くんからクラスを守らなきゃいけない。苦しいだろうね」

「後半戦でプロテクトを全部捨てることを良しとすれば、あるいはだけれど……」

それでも龍園のことだ。最後の1ターン2ターンで一気に仕掛けてくる可能性は高い。

「でも、今は自分たちのことよ。1点差なら十分勝機はある」

序盤は頭一つ抜けていくかと思われた坂柳クラスだが、堀北が食らいついている。読み合いでは半歩劣っている印象だが、クラスメイトが上手くカバーしている。

「問題の正解率はプロテクトに成功したケースを除いて、見ている限り大体半分くらいの生徒が答えられる問題を学校側は想定して作っているように思えるわね。難易度が1つ上がると正解率は20％、難易度3で10％ほどといったところかしら」

難易度3ならほぼ正解は期待できないが、2点使うため多用は出来ない。

プロテクトで守られてしまうと大損なため、後半も使用頻度はそう多くないだろう。

首位攻防戦も見どころだが、下位2クラスも気になるところだ。

特に龍園クラスは前半でかなり難しい位置に後退してしまった。

このまま似たような推移で行くと仮定し、脱落者が増えることも想定すれば1位のラインは50〜55点前後。後半だけで龍園は最低でも30点以上を上乗せしないと争いに加われない計算だ。

全体を見て言えることは、やはり学力の高い生徒は基本的に狙われにくい傾向があるということ。ただし並行してプロテクトされにくい面もあり、思わぬジャンルでお手付きする生徒も散見された。

それとサブカルチャーやグルメなどの学力とは関係のない問題は、その広範さからか同じ難易度でも学力関連よりも易しいものに設定されていることが多いようだった。

ちなみにオレはそんな学力とは無関係なジャンルで一度お手付きをしている。

『動物園で飼育されていた、2本足で立つ姿が可愛(かわい)いと世間を連日賑(にぎ)わした動物は何？』

というニュースからの問題で、何の動物かさっぱり分からず適当に『犬』と書いて堀北に冷めた視線を送られてしまった。

なお、正解はレッサーパンダだった。

1

昼休みの休憩に入ったところで堀北(ほりきた)に少しだけ時間をくれと伝え廊下へ連れ出す。

「答えはレッサーパンダよ?」

「……そうじゃない。少し試験で気になることがあったからな」

過ぎたことを、まさか速攻で掘り返されるとは思わなかった。

「冗談よ。でもあなたが声をかけてくるとは思わなかったわ。アドバイス?」

「いやアドバイスって程のものじゃないんだが、今回攻撃側が5名を指名した時、名前が表示される順番の法則に気付いたか?」

「法則なんてあったかしら……。正直順番は気にしていなかったわ。あいうえお順でも男子、女子の順番でもなかったわよね?」

「確実な正解は他クラスの攻撃側にも聞かなければ分からないが、堀北が指名した5名には規則正しい法則などは一切なかった。つまり、リーダーが発声した順そのままだったということだ」

「なるほど、確かにそうだったかも知れないわね。それで?」

「オレが気になったのは前半の2ターン目から4ターン目の坂柳(さかやなぎ)からの指名だ。あの時高(こう)円寺(えんじ)が立て続けに3回狙われたが、そのどれもが1番目だった」

「つまり彼女は2ターン目までに高円寺くんを狙うことを決め、その後も正解するまで真っ先に狙い続けていた……？　確かあの2ターン目、幸村くんも間違えていたわよね？」

「そうだ。高円寺も素の能力だけ見れば脅威だが、総合力では間違いなく啓誠の方が邪魔なはず。ところが坂柳は間違えた啓誠を3ターン目に指名すらしなかった」

「あの時は単純に読み負けたと思ったのだけれど？　幸村くんが重要だと考えるからこそ私がプロテクトで守ると判断したかも知れないわよね？」

「確かに啓誠に関してはその理由で攻撃対象から外すかもな。だが高円寺の説明はつかない。2、3ターン目と連続で間違えたのに4ターン目で正解されたことで5ターン目以降は前半戦に一度も名前を見せなかった。プロテクトで保護されたなら話も分かるが4ターン目は自力正解。つまりこちらが一度もプロテクトしていないことを相手も分かっているのにだ」

「坂柳さんは早い段階で高円寺くんにだけ目を付けていた。2問間違えてリーチに出来たのに、一度正解されただけであっさりと攻撃を止めた。それが不自然なわけね」

脱落者は1人でも多く出しておく方がいい。プロテクトされない可能性が高いのならまだ攻めてもよかったはず。

「彼の知識量を警戒した可能性は？」

「だったら最初から無理して高円寺を攻める必要はない。わざわざ3連続で指名した理由の説明にはならないな」

「……坂柳さんは私と高円寺くんとで交わした約束の内容を把握している？」

「そう考えるのが自然だ。約束がある以上、高確率で高円寺は真面目にやらない。更に堀北なら二度失敗するまでは守らないであろうことも計算にあったはずだ」

もちろん、高円寺が真面目に解答するか堀北が初手から守る可能性も0ではなかったが、その場合は3ターン目以降、高円寺を攻撃対象から素早く除外したはずだ。

「だけど、それならどうして5ターン目以降も彼を狙わなかったの？　私は彼をプロテクト枠で守らない選択を選んだのよ？」

「その選択をしたからこそだ。高円寺でプロテクト枠を1つ潰す狙いが外れた以上、高円寺を脱落させることに旨味を感じていなかった。むしろ損だと判断したはずだ」

「脱落者を出せばこちらが1点失うのに？」

「そうだ。試験前におまえは言ったよな。最下位に沈んでしまった時のために傷口が浅く済む方法を用意していると。その選択は高円寺を脱落させることだっただろ？」

「……分かっていたのね」

「高円寺との約束は『退学』させないこと。『自由』にさせること。この特別試験でおまえは高円寺に何一つ制約をかけていないから自由の約束は言うまでもなく守っている。そしてもう1つの退学にさせないこと。これは仮に高円寺が唯一の脱落者で終わっても、プロテクトポイントを吐き出させれば退学になることはないことで解決している」

高円寺は無人島試験で勝利したことにより、自らの手でプロテクトポイントを勝ち取っている。つまり退学を無効にする権利を保有している。

「そうよ。私は高円寺くんのプロテクトポイントを守ることまでは約束していない。彼が退学にならなければ約束は履行したまま。恨まれる筋合いはどこにもないもの」

　脱落で1得点は失うも、以降誰が脱落しても高円寺のプロテクトポイントを剥がしてしまえばいい。つまり最下位によって誰かが退学する恐れがなくなるということ。

「クラスの皆には彼を守らなかったことで不安にさせたでしょうけれどね」
「説明すれば高円寺におまえの狙いが気付かれるからな」
「ええ。もっとも、彼も私が守らなかったことですぐに気が付いていたみたいだけれど。私としては早々に彼を落としてもらえた方が後半に向けて楽に立ち回れたのに」

　だからこそ高円寺は自力で正解した。

　プロテクトポイントを剥がされるのは面倒だと考えたからだ。

「坂柳の性格上、堀北のクラスに対する『退学になるかも知れないというプレッシャー』を消したくないと判断したと見るのが妥当だ」
「彼女の行動1つ1つには性格がよく出ているということね。でも、それならどうして高円寺くんは1問目から正解を狙わなかったのかしら」
「そればかりはオレにも分からないな。3問目からでも遅くないと判断しただけなのかも知れない。とにかくオレが言いたかったのはクラスの中に、外部に対して情報を漏らしている生徒がいるかも知れないということだ」

今回の試験だけじゃなく、今後にも関わってくることだと判断し伝えることにした。

「ありがとう。これからその点にも気をつけてみようと思う」

「これで話は終わりだ。ところで、昼ご飯はどうするんだ？」

「お弁当を作る余裕はなかったし、折角だから食堂にでも行こうかしら。あなたは？」

「ならオレもそうするか。恵は多分、携帯とずっと睨めっこだろうからな」

教室の方を向いてそう答えると、納得したように堀北は頷いた。

前半戦で、恵は坂柳から指名を受けることは一度もなかったため無傷で済んでいる。

しかしそれで安心とは当然言えず、最短3問で脱落者の仲間入りだ。

それを避けるためにも、付け焼刃で構わないから知識を頭に叩き込みたいだろう。

2

生存と脱落の特別試験が始まり、1ターン目が緩やかに進行していた。

一之瀬クラスから初めての攻撃を受けた龍園だったが、自らが指名した5名のプロテクト枠は1名のみの成功に終わった上、問題に正解した生徒はおらず出足はけして良いとは言えなかった。

しかしそれも無理はない。龍園のクラスは学力方面で守るべき生徒が非常に多く、明らかなウィークポイントを抱えているからだ。一之瀬が選択した『経済』を除外した生徒を除いても半数近くは同ジャンルに不安を覚えている。

一方堀北クラスからの攻撃を受けた一之瀬クラスの結果は合計4得点。

1ターン目から3点もの差が生まれてしまい、早くも重苦しい空気が生まれていた。

ただし、それは点数を得られなかったからではない。

「それじゃ次に攻撃側として、Aクラスに対する指名を行ってもらうわねー」

星之宮（ほしのみや）が能天気にそうリーダーへと指示を飛ばすも、龍園は動かない。

静かに、黙々と携帯を見つめている。

「もしもーし。聞こえてたー？」

念のためそう教壇から改めて呼びかけるも、やはり龍園は動かない。

事前のルール説明からもわかる通り、この指名時間は止まることなく1秒ずつ確実に減っていく。

1ターン目の攻撃、誰を狙うかは決めてくるのが当たり前と思っていた星之宮ではあったものの、60秒が過ぎてもまだ龍園は動かなかった。

通常なら『大丈夫？』などの声かけがクラスメイトの間から発生してもおかしくないが、誰も指摘しない。いや、このクラスでは大勢の者が指摘したくても指摘できない。

前線に返り咲いてからの龍園は、以前にもまして圧倒的な威圧感を放っていた。星之宮が龍園クラスのピリついた状況を見るのは珍しいが、クラスメイトはそうではない。

これが日常、いつもの光景。

参謀役としての立場にある金田が動いてくれれば話は早いが、基本的に彼は龍園からの指示を待つ傾向にあるため期待は出来ない。

こんな時、行き場を失ったクラスメイトの視線は自ずと葛城に向けられることが多い。他クラスからの移籍者だが、既にこのクラスでは龍園の参謀として認められている。ＯＡＡの総合力も然ることながら、その最大の要因は龍園に対する物怖じしない態度。傲慢な態度を取るだけなら伊吹も同様だが、葛城の場合はそこに理論も合わさる。

その頼りにしたい葛城は……動かない。

目を閉じ、腕を組んだまま攻撃側の時間が過ぎていくのを許容している。

この状況で声をかけたところで、何も変わらないと諦めているのか。

あるいはこの程度のことは想定内で、安心して待っているのか。

どちらにせよ、多くの生徒たちは黙って見守るしか出来ない。

「あのさー、まだ1ターン目よ？　3点差なんて大したことないんだから気負い過ぎない方がいいんじゃない？」

たかが1ターン目の攻撃を凌げなかった、それだけのことだと星之宮がエールを送る。

教師としてやや公平性に欠けかねない行動だったが、それでも多くの不安を抱えているであろう生徒たちのために黙っていられなかった。

というのが建前。実際は自分が担当する一之瀬クラスに勝ってもらうため、坂柳クラスには得点を稼がせるわけにはいかないからだ。腑抜けた戦略で高得点を連発されれば勝ち目はなくなる。

打算的な行動だったわけだが、沈黙が続く中で星之宮は自分の判断が間違っていたことに気付く。

龍園が動かないことに疑問を感じる生徒は多くいても、不安を感じている生徒はほとんどいないのだ。通常沈黙は悪い結果になりがちだが、このクラスで培われた独特の強さ。

2分近くが経過しても指名者の名前を発しようとしない異常事態を受け入れている。

その沈黙に何か秘策があるのではないか。そんな風に星之宮は考え始めていた。

坂柳クラスがプロテクトを全て外し、課題の多くを間違うような理想的な指名。

一瞬過ったそんな夢物語のような戦略を思案している？

残り時間が30秒に近づいたところで、龍園は5名の名前を通達する。

「わ、ちょ、待って待って。急いで入力するから」

星之宮はその声に従い素早くタブレットを操作した。

ジャンル　『生活』難易度　1

攻撃側指名者
『鬼頭隼』『神室真澄』『橋本正義』『町田浩二』『山村美紀』

急ぎ入力を終えた星之宮だったが、その5名の名前を見て呆れる。

どう考えても坂柳に近い立場の生徒が数名ピックアップされていたからだ。

防御側プロテクト成功者
『町田浩二』

長考した末の選択、その結果1名をプロテクトされる。

だが問題はその先。

課題正解者
『鬼頭隼』『神室真澄』『橋本正義』

残る4名のうち3名に正解される結果に。

相手クラスに4点も与え、自分たちは1点止まりと悪い出足だ。

やはり期待は出来ない。思いの外冷静に見えた生徒たちに感心しかけたが、内心で取り消す。やはり実力はないようで、坂柳クラスを潰してもらえそうにはないと悟った。

それからも龍園の戦略はお世辞にも冴え渡っているとは言えないものだった。指名者のほとんどが、1ターン目の顔ぶれと変わらない。攪乱のつもりか時折入れ替えてはいるものの、大体2ターンに1回の頻度で鬼頭、神室、橋本、山村、町田、真田、里中、的場を指名し続けた。

当然坂柳も、効率よくプロテクトを重ねていく。

それでも龍園は指名者を大幅には変えない。

最下位のままどんどんとターンを重ねていくだけ。

しかし前半の折り返しも過ぎた5ターン目。既に2問間違える生徒たちも現れ、焦りが見え始めるべきこの時間に、星之宮はある不可解なことに気が付く。

「皆、全然慌てた様子がないわねー……」

最下位から抜け出せそうにない致命的な原因は攻撃よりも防御にある。明らかに他クラスよりも課題の正解率が低いため、稼げるべき点数を稼げていない。それなら、1分1秒を惜しんで答えのヒントになりそうなものを求めているのが普通の行動だ。

ところが、中には緊張感を持っていない生徒も少なくなかった。

星之宮は見守るフリをして教室を練り歩き、さり気なく各生徒の携帯を覗き込む。

流石に遊んでいるわけではなく、一応様々なサイトや動画を閲覧して、自分が苦手としているであろうジャンルへの対策には取り組んでいた。

龍園の支配下にあるため、単に緊張しすぎて余計な声も出せないのか。

そうも考えたが――

「金田くん、何もしてないみたいだけど対策はバッチリなの？」

黙々と対策する生徒に紛れ、携帯に触れようともしない金田に星之宮が突っ込んだ。

「これでも勉強には普段から力を入れてます。それに無理に知識を詰めるようなことはしないようにしていますので。ルーティンが乱れるのはよろしくない」

クイッとメガネを上げて、金田が不敵に微笑む。

「そ、そう。頭の良い子って変わってるなぁ」

自分で聞いておいてと言われそうな、やや引いた様子で星之宮が金田から興味を失う。

その他、石崎に至っては待機時間の間居眠りをするという図太さぶり。

既に2回も間違えていて、諦めの境地に達してしまったようにも見えた。

「このクラスどうなってるわけぇ……？」

少し気持ち悪さを覚えながらも、担当官としてターンを着々と消化していった。

3

坂柳が堀北クラスに対して二度目の攻撃対象者5名を教師に通達した直後、着座している坂柳の下に橋本が立ち上がり足を向けた。

その表情はいつもの薄らと浮かべた笑みではなく、どこか硬く険しい。

橋本以外は自分の席についているため、異様に目立つ行動だ。

「どうかしましたか？　橋本くん」

「一応、昨日の夜、念を押しておいたつもりなんだけどな。俺の渡した情報を役立てる気は全くないってことか？」

ジャンル　『グルメ』難易度　1

攻撃側指名者
『高円寺六助』『長谷部波瑠加』『平田洋介』『幸村輝彦』『小野寺かや乃』

親指で自らの後方、モニターに表示された生徒の名前を見て不満を漏らす。

「あなたにはそう見えますか？」

「ああ、見えるね」

「確かに、あなたの昨日の電話は少々お節介が過ぎましたね。ですが、頂いた情報は情報です。もちろん海馬に刻まれた以上、ただ無意味に無視することなどいたしません」

「だったら――どうして高円寺を狙ったりしたんだ」

「Bクラスで最も避けるべきターゲットの1人は高円寺くんだと言っていましたね」

「あいつは堀北との約束がある。つまりプロテクト枠の対象者だ、狙えば高確率で守られて無条件で得点を与える。幾つか渡した情報の中でも活かしてもらえると思ってたんだが」

役立ててくれると踏んでいたが、早くもそれを踏みにじられたことが我慢ならなかったようだ。いつもの陽気な雰囲気とは異なるものを察した鬼頭(きとう)がゆっくりと椅子を引く。

「心配には及びませんよ鬼頭くん。橋本(はしもと)くんは非常にドライです」

坂柳(さかやなぎ)は静かに笑った後、何故(なぜ)プロテクトされている可能性の高い高円寺(こうえんじ)を狙ったか、その理由を口にする。

「堀北(ほりきた)さんと彼の間で約束事があるのは確かでしょう。しかし、それはあくまでも退学をさせないこと。そして自由にさせることの2点でしたね？」

「ああ……」

「貴重なプロテクト枠を1つ潰して、無傷で彼を守り続ける旨味(うまみ)はありません。少なくとも一度狙われ、かつ問題を間違えるまでは様子見していいでしょう。勝つにはそれくらいのことは最低限しなければならない。そうは思いませんか？」

「だが堀北は律義な性格だ。守らないことが分かればクラスが動揺する」

「その程度のことで動揺するなら、いっそ動揺させておけばいいでしょう。それに約束の履行も大切ですが、貴重なプロテクト枠を高円寺くんで潰し続ける方がリーダーとしての資質を疑われますよ」

そう説明している間にも堀北クラスはプロテクトする5名が決まったようで、モニターが切り替わる。

プロテクト成功者はなしと表示され、坂柳が指定した5名が課題へ挑むことに。

「どうです？　案の定高円寺くんにプロテクト枠は使っていませんでした」

結果を見せつけられた以上、この件で橋本も強くは食い下がれない。

「……まあ、そうだな。だが無理して高円寺から1点を取りに行く意味があるのか？　奴は頭も変にキレるだろ、雑魚より正解してくる確率は高いんじゃないか？」

「そうでしょうか。彼は紛れもなき自由人。それを堀北さんに確約させているくらいですから、真面目に解答する義務はありません。存外わざと間違えて下さるかも」

まるで未来が見えているとでも言うように、坂柳は確信して揺るがなかった。

橋本はまさかと思いながらもモニターが切り替わるのを待つ。

結果、読み通り高円寺は問題を間違えた。よって一歩脱落へと近づく。

「多少リスクは取ったが1点を取った。お見事だ姫さん」

ひとまずは安心した橋本だったが、次のターンですぐに掻き消されることになる。攻撃側としてのターンが始まるなり、坂柳は間髪を容れず真っ先に高円寺の名を告げたからだ。

しかも同じジャンル。意図して狙いますとアピールしているようなもの。

これには橋本だけでなく、流れを聞いていたクラスメイトたちもざわつき始める。

「ちょっとどういうこと？　流石に同じジャンルだし高円寺を守って来るでしょ」

神室も、坂柳の行動が理解できずそう突っ込む。

「まさか次もプロテクトされないなんて言うつもりじゃないだろうな……？」

「私はそう見ていますよ。だからこそ高円寺くんをわざわざ指名しているのですから」

バカげた読みだと思いつつも、席を立たずモニターを見つめ進展を待つ。

防御側プロテクト成功者　なし

「マジかよ……何考えてんだ堀北も」

連続して高円寺がプロテクトされなかった事実に橋本がぼやく。

更に再び解答を間違えるという通常では考えられない高円寺の行動。

「橋本の味方をする気はないけど、なんで二度目も守らないと思ったわけ？」

「一度目と理屈は同じですよ。二度までは間違えることが出来るのですから、わざわざ守る必要はない。最終的に守ることが決まっているのならギリギリまで放置しておきたいものです。ただ堀北さんとしては正解して欲しかったでしょうけれどね」

「……なるほど。これで堀北は高円寺を嫌でも守るしかなくなったってわけだ」

その言葉を聞いて納得した鬼頭が、そう呟く。

失敗に余裕がある限り、堀北はプロテクト枠を高円寺には割かない。

つまり、後のターンで確実に1枠潰させるために坂柳はリスクを取って狙いに行った。

そう解釈する。

2連続のグルメの問題自体が簡単だったことは仕方のない部分だろう。

どのクラスも今は、各ジャンルの難易度を手探りしている段階だ。

「疑って悪かったよ姫さん。ちゃんと考えがあったわけだ。けど、それなら1ターン目から高円寺を狙っても良かったんじゃないのか？　それなら残り8ターンは相手のプロテクト枠を潰せた。1ターン損だぜ」

「99％高円寺くんを守らないとは思っていましたが、2ターン目にしたのは確実に守らない決断を相手にさせるため。そして二度目の失敗を誘い出すためにも重要な布石です。もし1ターン目から私が仕掛け、堀北さんが守る判断をしていればどうなります？　以後こちらからは手を出しづらくなりますからね」

まやかしのプロテクト枠に翻弄されてしまうリスクを抱える。立て続けに防御が成功すれば余裕も出てきて、相手にペースを渡してしまう恐れもあると考えた。

「それに彼が一度目のイージー問題を間違えてくれたお陰で、二度目も誤解答をしてくれる可能性が上がると判断出来ましたし、まず結果は上々です。あなたの与えてくれた情報のお陰ですよ」

ちゃんと役立てている、という部分を強調されたことで橋本も安堵、頷き席に着いた。

「さて、高円寺くんに関しては仕上げと行きましょうか」

4ターン目、坂柳は三度目の高円寺指名を最初に通達しまたも驚かせる。

「念には念をですよ。隙を見せればいつでもまた彼を狙う、という脅迫です。私たちは橋本くんの諜報活動のお陰で堀北さんクラスの内情を知っている。ですが相手は高円寺くんとの約束が漏れているとは思っていないですからね」

「なるほどな……。確かに高円寺に対して絶対プロテクトを張り続けなきゃならない気持ちにはさせられるか」

同じグルメを選んだが、難易度を2に上げて上昇による問題難易度の上がり幅の確認作業も行う。

高円寺が守られる分損な気もするが、その点までは橋本もあえて指摘しなかった。

だがここで多くの予想には一切なかった展開が起きる。

防御側プロテクト成功者『篠原さつき』『須藤健』

堀北が高円寺を守らないという考えられない選択を見せたからだ。

「なんで守らないんだよ」

「あんたのその約束話って偽情報だったんじゃないの？」

「そんなはずはない……！　確かに堀北は高円寺を守る約束をしてたぜ！」

結果的に高円寺は自ら正解の解答をして脱落を免れるが、頭は混乱したままだった。

一方、坂柳はプロテクト枠を消費しなかったこと、高円寺が二度の誤解答から一転、正解して脱落を避けたことで全ての状況を把握し終える。

「堀北は見捨てたってことか？　高円寺を……」

「なら逆にチャンスだ。一気に潰せる」

悪い方向に考えるのではなく、この先も高円寺を狙えばいいと鬼頭が進言。

「そうだな、それもありかも知れない。堀北の信頼も落ちて士気も下がるぜ」

プロテクト枠を使わない選択をしたことで、敵クラスは内情として荒れていると見た橋本。

一方で坂柳は、別の結論に至っていた。

「無条件でプロテクトするか、いっそ脱落してくれるのならとも思いましたが――どうやら堀北さんには別の狙いがあった様子。これ以上高円寺くんを狙っても逆に喜ばれるだけですね」

くすりと笑って坂柳は携帯を見た。

「それにしても、私との戦い方をちゃんと考えられているようで感心です」

坂柳は想う。堀北の後ろに綾小路が潜んでいるのかどうか。

これらの流れはどちらが主導となって戦略を立てたものなのか。

「まず間違いなく関与はしていないでしょうね」

もし綾小路が全権を裏で握っていたなら、教室の垣根を越えて伝わってくる。

明らかに異質で異常な気配が坂柳を貫いてくる。それは感じられない。

だが、微かに堀北の考え方に綾小路の香りがする。

「彼の背中を誰より近くで見ているのですから、それくらいは成長して下さいますよね」

傾向は見えた。この攻防戦で坂柳が堀北に後れを取ることはない。

「問題は――」

Aクラスを任されている坂柳にとって、最も警戒すべきは特定のクラスではない。2クラスあるいは3クラスが密かに手を組んでいないか、そちらの方が問題だ。

その点だけが、坂柳にとって唯一の懸念事項。

特別試験が実施されると決まってから偵察と監視を続けさせたものの、そういった動きの兆候、報告は上がってこなかった。だが、裏で手を組むことは容易に可能だ。

だからこそ、協定があるのかどうか試験中に判断するしかないが、今現在手を組まれている確率はほぼ0だと判断した。他クラスの攻防に不自然な点はない。

「1位を頂きに参りましょうか」

そうして前半戦が終了した時点で坂柳は29点を獲得した。

首位でのターンは喜ばしいことだが、その真後ろには1点の差で追って来るBクラスの影。橋本は、席を立つことも忘れモニターに表示された結果と、休憩の残り時間を見つめていた。

「真澄さん、良かったらランチに参りませんか？　あなたは脱落されたことですし、問題は生じないでしょう？」

「別にいいけど、あんたってホント相手に気を遣うってことをしないわよね」

褒めたわけでもないが、坂柳は嬉しそうに微笑み杖をついて歩き出した。

廊下に出ると鬼頭が2人を見て静かに後ろへと回る。

「いつの間に誘ったの」

「携帯です」

「ふうん。で、橋本は誘わなくていいわけ?」

「ふうん。で、神室と鬼頭が同席する場合、ほぼ橋本も共に行動している。その点を気にしたようだ。

「ちゃんとお誘いはしましたが断られてしまいました。彼も龍園くんに狙われ2つ間違えていますからね。脱落したくないと思うのは当然のことかと」

必死に携帯で情報を漁っている橋本を想像し、神室は乾いた笑みを少しだけ浮かべた。

4

いつもは全校生徒で賑わっている食堂だが、今日はかなり少ない。それもそのはずで、2年生の多くは教室に残って今も恵のように携帯と睨めっこしているためだ。移動する時間を惜しんで脱落を避けるための努力をしている。

言い換えればこの食堂に足を向けられるのは脱落のリスクを負わないリーダーか、既に脱落してやることのなくなった生徒。あるいはオレのように深く考えていない者だ。

2人でメニューを決めて購入を済ませ、食事の載ったトレーを運んで2年生たちが多く使う席にいつものように腰を下ろす。

「どこでも席が選び放題だな」

「そうね。でも不思議なものよね。今日くらいは1年生も3年生も広々と席を確保することが出来るのに。２年生が中心となって使う場所はほとんど活用されていないようだし」

　食堂では別に、学年別に使用しなければならないエリアが定められているわけじゃない。何となく勝手に生徒たちが線引きを作っていて、多くの生徒が暗黙の了解として従っている。もちろん気にしない生徒もいるわけだが。

「堀北は細かく気にしなそうだもんな」

「あなたもそうじゃないの？」

「オレの場合は、やっぱり空気を読んで多数に合わせたいタイプだからな」

「そう見えないような見えるような……今は考えるのをやめておくわ。あなたのことに思考のリソースを割いている余裕はないから」

　ちょっと嫌味な感じではあったが、そうしてもらった方がこっちとしてもありがたい。

「ご機嫌ようＢクラスのお二方。よろしければご一緒してもよろしいでしょうか？」

　割り箸を割ろうとしたところでそんな声がかかった。

「坂柳さんがどこに座ろうとそれはあなたの自由よ。私に拒否する権利は無いわ」

　許可はしたものの驚いてはいるだろう。

　特別試験中に敵クラスのリーダーに声をかけられることは想定していなかったはず。

「オレも一緒に食べるのは構わないが、飯は？」

　見たところ坂柳は手ぶら。これから買いに行けばそれなりに時差が出来る。

「今、真澄さんと鬼頭くんが買ってくれています。間もなく到着するかと」

視線のその先、確かにだるそうに列に並んでいる神室と鬼頭の後ろ姿が見えた。

「実に友達思いだな」

「はい。とても助かっていますよ」

堀北の向かいに腰を下ろした坂柳が杖を立てかけていると、鬼頭がそれぞれの手に1つずつ器用にトレーを持ち戻って来た。いつも坂柳を支えていることが分かる瞬間だ。

「さ、お二人とも座ってください」

「は？　ここで？　堀北や綾小路たちと食べるわけ？　気乗りしないんだけど」

「いいじゃないですか。真澄さんの後学のために役立つかもしれませんよ」

「また面倒なことに私を巻き込むつもり？　あんたのお遊びに付き合うのはうんざりなんだけど」

Aクラスで脱落者に名前を連ねている神室だが、焦りの様子はない。

反発する一面を持ちながらも、坂柳が最下位を取ることだけはあり得ないと思っていないとできない態度だ。1位で折り返したことも心強いだろうしな。

オレは軽く鬼頭に手を挙げて挨拶する。

鬼頭は特に大きな反応は返さなかったが、少しだけ頷いてくれたので十分だ。

「後半戦ではお手柔らかにお願いしますね、堀北さん」

「今更？　前半戦では、結構手厳しく攻められた印象だったのだけれど」

「これでも遊んであげた方です。2位につけられているのが証拠だと思いませんか？」

「言ってくれるわね――――」

手を抜いてやった、という露骨なアピールに堀北がやや苛立ちを見せる。

直後、そんな堀北の背後から1人の男が現れた。

「俺も交ぜてもらおうか」

気配を察した鬼頭はすぐに立ち上がり、警戒と殺意をむき出しにする。

だが気にした様子もなく、また許可を得る前に堀北の隣へと腰を下ろした。

「随分と乱暴な登場の仕方ね、龍園くん」

「ククッ。羊共が群れてるようだったからな、狼が様子を見に来てやったのさ」

唯一前半戦で遅れを取っているにしては、何とも余裕のある様子だ。

と言っても、ここで憔悴した姿など嘘でも見せるわけないのだが。

「失せろ」

静かに、しかし重い一言を向けたのは鬼頭だ。

「あぁ？　テメェに命令する権利があんのかよ。そこのチビは何も言ってないぜ？」

「許可をくれ。今すぐ排除する」

そう求めながら鬼頭は龍園へと詰め寄る気満々で立ち上がった。

坂柳への侮辱も相まって、臨戦態勢への移行は万全なようだ。

「心配いりませんよ鬼頭くん。彼はお腹を空かせてここにやって来ただけ。哀れで弱り切った狼さんを歓迎してあげないと」

「その割に何も持ってないようだけど？　石崎辺りでもパシらせてる？」

「彼の求めてるモノは食事ではなく、この特別試験の得点。前半戦だけで随分と出遅れてしまったようですから」

「そういうことね。ま、確かに」

　3クラスは拮抗した戦いをしているが、龍園クラスだけは現状引き離されている。

　そのことを軽く揶揄する言葉だったものの、特に態度が豹変するようなことはない。

　不審な動きがないことを確認し、ひとまず鬼頭は立ち上がった足を静かに折った。

「それにしても神室。今日にも消えるかも知れないってのに随分と余裕そうだな」

　神室は箸で挟んでいたアジフライを口に運ぶのを止め、睨み返す。

「テメェもだ鬼頭。次間違えば脱落者の仲間入りだ」

　そんな物言いをする龍園に対しすぐに言い返したのは坂柳だ。

「現時点で私のクラスは1位。片やあなたは最下位。その会話が成立する相手ですか？」

「俺が最下位を取っても失うのは雑兵だけ。だがおまえは、現時点で神室と山村が退学候補。鬼頭や橋本がしくじりゃ4人に膨れ上がる。現状誰が消えても痛手を負うのはおまえだ。それとも後半じゃ堀北に痛いようにやられてどうでもいい脱落者をゴミのように増やしていくか？」

　あと数人は脱落者が出るでしょう、という発言は流石の坂柳もしない。

　脱落者を出せば1点減る。それを望むことは基本的にはないからだ。

「私に近い人物を脱落者にすることがあなたの狙いですか」

「今更説明するまでもねえだろ」

「俄かには信じがたい話です。前半戦、あなたのリーチとなった生徒に対する異様な付け狙いは失敗に終わったと評さざるを得ないわけですから。私の動揺を誘うために真澄さんや鬼頭くんのような生徒を追い回し続けた結果が今です」

龍園の戦略は、鬼頭、神室、橋本といった坂柳を支えるメンバーを中心に最大で８人ほどに絞って狙っている印象を強く受けた。

その効率の悪い集中攻撃の中でも、坂柳は神室と山村を守りきれなかった。

狙いが分かっていても絶対に防げるわけじゃない。

実際、４クラスの中で前半戦最もプロテクトの成功率が高かったのは坂柳。

「幼稚な戦略のお陰で私たちのクラスは1位をキープ出来ている。なので感謝はしていますが同時に龍園くんが心配にもなります。後半戦では戦い方を変えないと、単なる敗退行為を続けることになる。それは間接的に見ていて堀北さんにも分かったのでは？」

「確かに分かりやすい狙いが過ぎたんじゃないかしら。私なら坂柳さんに防がれる傾向があると分かった段階でもっと多くの生徒に狙いを散らすわ」

まさかこの場で特別試験の検討が始まるとは思ってもみなかったが、龍園はそれを笑いながら聞いている。

「ぜひ、もっと賢い戦い方をすることをおすすめ致します」

しかし龍園も逃げることなく、受けて立つように肘をついて挑発的な態度を見せた。

「これでも俺はおまえのことはよく分かってるつもりだぜ坂柳。点差の問題は一度棚上げして考えてみりゃいい。神室、仮に今のまま2人の脱落者で試験が終わって最下位だった時、おまえはコイツがどう判断するか分かるか？」

手を止め、やはり言葉を発しなかった神室だが、確かに全く気にしていないわけじゃないだろう。二者択一になったとき、リーダーがどう判断するのか。

堀北にしても他人事ではない。何を退学基準にするかの線引きには興味があるはず。

だが坂柳は箸を止めず食事を進めていく。

「答えられないのか？　いや、答えたくないのか？　おまえはどう思う堀北」

「どう思うも何も、そもそもあなたは何故山村さんを狙ったの。何人かに絞っていたみたいだけれど、彼女は執拗に狙われるような存在には思えないのだけれど？」

神室はこの場に連れてきているが山村はいない。

そのことからも、神室の方が特別だと思うのは当然のことだ。

それ以外に狙われていた生徒も際立って優秀な能力を持つ生徒たちばかり。

だが実際には坂柳と山村には見えない繋がりがある。

ＯＡＡなど目に見える能力だけではない部分を評価している生徒。

「おまえらは知らないだろうからよく覚えとけよ。山村は坂柳にとって神室と変わらない価値を持ってる。裏じゃ随分と可愛がってんだろ？」

自ら山村の話題を無理やりねじ込むことで、そのことを周知させてきた。

ここで初めて坂柳が食事を中断する。

「あなたがそう思うのなら、そう解釈してください」

濁すというより好きにすればいい、と坂柳は本心で返す。

「事実がどうあれ、何も知らない第三者が個人に優劣をつけるつもりはないわ。神室さんも山村さんも坂柳さんと同じ優秀なクラスメイトだというだけ」

堀北は間違っても坂柳の考えを変えさせる判断材料にはなりたくないようだな。

「どっちも優秀だ？　ハッ、笑わせんなよ。坂柳がＯＡＡの能力なんかで評価するわけがねえ。コイツにとって如何に使いやすいか、従順か、基準はそこにあるのさ」

「裏で――――ね」

神室が、坂柳の方を見て静かに確認を取って来た。

「どうやら神室にとっちゃ山村の名前は意外だったようだなぁ」

龍園もＡクラスの内情を全て知っているわけではないだろう。

神室と山村の認識や関係など関係がない。この場では単に嫌がらせをしているだけ。

それでも鬱陶しい妨害行為であることには違いない。

「あんた山村と親しかったわけ？」

「彼の適当な挑発ですよ」

「あんたと山村が接点を持ってたなんて知らなかったから、聞いてるだけ」

神室には小さな間があったが、それにどれだけの人間が気付いただろうか。

「言ったでしょう、これは彼の挑発です。真面目に考えるだけ無駄なことです」

触れてほしくない話題を避けるわけではなく、本当に無駄だと思っている。

形式上止めてはいるものの、龍園の言葉に過敏な反応を示す神室を見て楽しんでいるようにも見え、強者としての余裕が窺えた。

「どっちを退学にするか今のうちに考えておくんだな」

この場に龍園が現れたのは坂柳に対する挑発のためじゃなさそうだ。

これ以上Aクラスから脱落者を増やさず、神室か山村、あるいは鬼頭や橋本のような主力だけを追加で落として退学に追い込めという潜在的な刷り込みが目的。

「あなたは無意味に彼の発言に振り回されない人であることを期待します」

それを止める意味で坂柳は堀北へと一言を発した形だ。

「分かっているわ」

ただ堀北は勝つために戦っている。

坂柳クラスの誰を退学させたい、という意思で試験に挑んではいない。

それが勝つ上で有効だと判断すれば話は別だが、果たして――。

安い挑発を続けてもこれ以上の収穫は無いと判断したのか、龍園は話題を他クラスへと移行させる。

「そういやぁ、ここに出てきてないのは一之瀬だけか」

「彼女のクラスは明確に脱落者を出さない方針を掲げているようだし、食堂を見ても誰一人来ている様子もない。当然と言えば当然ね」

　確かに食堂に一之瀬クラスの生徒の姿はない。ここに来るまでの間もトイレに立ち寄るなど最低限必要な行動以外で見かけることはなかった。

　最初から食べ物を用意していて、1分1秒を惜しんだ戦いをしている。

「仲間から退学者を出さないために負ける覚悟があるようだからな。心底バカな女だ」

　何なら一之瀬の場合、他クラスの脱落者まで気を遣いたいのが本音だろう。だが戦いの中で負ければ自クラスが被害を受けるのは避けられない。そのためには他所に脱落してもらい点数を稼がせないために鬼になる必要がある。

「そうね。確かに彼女はどんな特別試験でもブレない。だからこそ、私も彼女の隙を突いて何とか3位に抑えることが出来ている」

　長く食事していた堀北も箸を止め、自らの前半戦を振り返った。

「一之瀬の性格もあそこまで行くと病気よね。後半戦でも同じような戦い方をするとプロテクト枠をギリギリまで捨てることになる。あんたにとっては追い風よね、龍園」

　堀北と同じように一之瀬クラスを攻めればいい。2つ間違えさせてリーチ者を6人以上に増やさない限り、全てのプロテクト枠を突破できる確率が高いからだ。自分たちの点にはならなくても、順位を上げるためには上を押さえつける作業も避けては通れない。

「しかし次にあなたのクラスに攻撃を仕掛けるのは私です。脱落者が増えていくことでプロテクト成功率が上昇するとしても、何点取ることが出来るでしょうね」

高円寺に対する仕掛けのように、坂柳は相手のリーダーが考えそうな手を先回りして読んでくる。龍園によるプロテクト枠の使い方次第で、得られるべき点数が得られないこともあるだろう。特に課題正解に期待できない仲間を守るのは苦労する。

「楽しみにしとくぜ」

龍園は荒々しく席を立った。

「さて、場を掻き乱す人は立ち去ったようですし食事を再開しましょう」

坂柳に背を向け立ち去っていく際、龍園は静かに髪をかき上げた。

その瞬間周囲の考えとは裏腹に、この後半戦何かを仕掛けることを予感させる、そんな強い意志を秘めた表情を浮かべていた。

一瞬、オレにだけその顔を見せたのは単なる偶然ではないだろう。

黙って見ていろという、そんな威圧を込めたメッセージ。

劣勢の中必死に食い下がっているようにしか見えないこの状況から、どうひっくり返してくれるのか期待させてもらうとしようか。

間もなく後半戦が始まる。

5

あと数分で11ターン目の合図が坂上先生から発せられるが、堀北が教壇に立って生徒たちからの視線を集めていた。

「Ａクラスはやっぱり強敵。前半戦は10ターンずっと1位の座を渡さなかった。だけど意識しすぎずに特別試験に向き合うことが大切よ。あくまでも得点を積み重ねていくためには私たちが問題を解くしかないのだから」

堀北が攻撃する相手は3クラスで最も厄介と思われる坂柳クラス。前半は龍園からの攻撃に対して多くのプロテクトを成功させ、生徒たちの正解率も高い結果を出した。

「どうやって攻撃していくんだ？」

素朴な須藤からの質問に対し、堀北は教室のクラスメイトを見回す。

この中には坂柳と繋がっている者がいるかもしれない。

となれば迂闊に戦略を口にすることは当然出来ない。

「準備期間中、皆にも色々と意見を求めたことを覚えているかしら。その中で使えそうな情報を整理して、隙となる部分を見つけ出したつもり」

シンプルイズベスト。

変に読み合いをするのではなく各生徒の抱える弱点を狙っていくやり方を取るらしい。

だが一之瀬クラスと比較しても明らかに出回っている情報が少ない印象で、この特別試験が発表されてからは、より厳しく情報が漏れないように統制されていたはず。

となれば、誰が何に得意不得意かを探るのは楽な作業じゃない。

その中でどれだけ有効的な手を見つけられたのかは、堀北のみぞ知る、だ。

11ターン目最初の堀北から坂柳クラスへの攻撃。

初手から1点を消費し、ジャンル『文学』の難易度2を選択した。

残念ながら1名をプロテクトされてしまうも、高い難易度の問題に挑んだ4人の内3人が間違えたため2点の獲得に留めることに成功。難易度を上げるために使った1点を差し引いてこちらが3点取れれば五分。4点以上取ればお釣りが来るターンに。

多少プレッシャーを与えたであろう坂柳クラスに攻撃が回る。

そんな坂柳はいきなり2点を消費して『スポーツ』難易度3を選んできた。

最下位の龍園相手に、容赦なく攻めていく姿勢を見せた形だ。

「徹底的に龍園くんを追い詰める気かしら……強気ね」

Bクラスとの点差など気にしない、異質さを放つ後半戦の立ち上がり。

だが直後、モニターの結果を見てクラスから驚きの声が上がることになる。

防御側プロテクト成功者
『葛城康平』『椎名ひより』『時任裕也』『野村雄二』『伊吹澪』

この特別試験で初、プロテクト枠のみでパーフェクトを達成し一挙5点を獲得した。

全員守られてしまっては難易度3も意味がない。大きな痛手になったな。

逆に出遅れていた龍園は瞬く間に24点と、暫定的にだが一之瀬に並んできた。

「脱落者が一番多い4人と言っても……これは出来過ぎの結果ね」

このままズルズル引き離されていく予想を多くが立てていただけに、衝撃だろうな。

一気に勢いに乗るかと思われたが、続く龍園からの一之瀬クラスに対する攻撃までは勘が冴え渡ったとはいかず3人守られてしまう。しかし1名が問題を間違えたので4点止まりの28点。

まだこのクラスの防御が残っているが、一瞬で差が詰まって来た。

果たして一之瀬は、まずどんなジャンルと攻撃対象を選んでくるのか。

ジャンル　『スポーツ』難易度　1

防御側プロテクト成功者
『王美雨』『篠原さつき』

攻撃側指名者

『綾小路清隆』『宮本蒼士』『軽井沢恵』


一之瀬クラスからの攻撃指名、その第一回にオレの名前が挙げられる。

そして意図的か偶然か、恵の名前も同時に連ねられていた。

スポーツの難易度1は絶妙で、得意とも不得意とも言えないところだ。

歴史やルールに基づくものなら当てられる自信はあるが、ここに時事ネタが絡んでくるとオレにとっては不利な展開が待ち受けている。

だが一方で、恵にしてみればテレビで見るようなワールドワイドな問題の方が解ける可能性がある。バレーなんかはよく観戦していると会話の中で耳にしたこともあるからだ。

『1アウト以下で、走者が一、二塁、一、二、三塁にあるとき、打者が打った飛球で内野手が普通の守備行為をすれば、捕球できるものをなんというか』

どうやら今回の問題はルールに紐づく内容だ。幸いある程度スポーツのルールは頭に叩き込んでいるため、これに関しては難なく答えることが出来る。正解は『インフィールドフライ』だ。

ただこれを宮本はともかく恵が答えられるとは思えない。何とかここ数日間の予習で学んでいるものであってくれることを期待したいところだが……。

正解したのはオレと宮本の2名で、恵は課題を間違えてしまう。とは言えこれで初めてのお手付き。まだ慌てるような状況ではないのだが、席に戻る途中に見せた表情は不安でいっぱいなようだった。

一方で正解した宮本は池たちと喜びを分かち合い、ハイタッチする。聞こえてきた会話から、どうやら野球のルールに関してはゲームで学んでいるらしく、今日も度々そのゲーム知識に助けられているらしい。知識はどこで役に立つか分からないものだ。

これで4点。坂柳クラスを抜いて一時的に1位に立つ。

続く12ターン目。坂柳クラスも正解者4人を出し4点獲得と手堅く点数を重ねて来るが、何よりもクラスを驚かせたのはまたも龍園クラスだった。

リプレイを見ているかのように、プロテクト成功者の一覧に5人の名前が並ぶ。

つまり連続してプロテクト枠のみでパーフェクトを達成した。

「どんな確率だよそれ!? 豪運過ぎじゃね!?」

最下位は龍園クラスだと決めつけていたのだろう、池が頭を抱えて叫んだ。

「……豪運、で片付けていいのかしらね」

傍の席で冷静にモニターを見つめていた堀北の声に、重いものを感じる。

それはそうだろう。2連続パーフェクト達成は相当に低い確率だ。

もし次のターンもパーフェクトを取ってくるようなら——。

驚き冷めやらぬ中、次の一之瀬への攻撃は2人プロテクトされて2人が正解。

次の一之瀬が攻撃する時間がやって来た。

防御側プロテクト成功者
『石倉賀代子』『須藤健』

攻撃側指名者
『綾小路清隆』『松下千秋』『軽井沢恵』

2回連続の指名に、オレと恵の名前が挙がる。

自らの名前を見た瞬間に立ち上がり、若干取り乱した様子で恵が声を張り上げた。

「あたし狙われてるんじゃないの!?」

「落ち着いて。二度続いたからといって集中的に狙われているとは限らないわ」

「だ、だって――――!」

恵が慌てるのも無理はない。

これが弱い相手を狙った、という理由ならまだ良かっただろう。

しかし相手は一之瀬。私情だけで恵を狙い撃ってきていると勘ぐったはず。

現実問題として、オレも含まれている辺りそれが露骨に感じられそうな指名だが……。

実際に私情を挟んでいるのかいないのか、これは揺さぶりだと見た方がいい。

それにしても手堅い。

堀北(ほりきた)はまず貴重なプロテクト枠をオレには使わない。

その考えを見透かした部分もあるのではないだろうか。

勉学に関する問題なら恵(けい)をプロテクトした可能性もあったが、ジャンルは『ニュース』。恵でも解ける可能性は十分あるので見送ったのだろう。一方でオレは前半戦でも同じジャンルで一度外しているだけに警戒すべき問題だ。


『タピる。とは何?』


問題を見た瞬間オレは一瞬で固まる。

なん、え、なんだ? タピる? タピる……? タピ……?

フリーズしている間に制限時間を迎え、オレは何も書けずに終わってしまう。

他の生徒が受けたニュースの問題は政治関係や年間行事に関することが多かった。

なのにどうしてオレの時に出る問題はこう変化球が続くのか。

謎問題に挑んだ結果、今度はオレが間違えて恵が当てるという逆の結果に。

まずはリーチにならなかったことにホッとした様子で、いったん落ち着けるだろう。

松下(まつした)も当然のように正解したようで、4得点を確保。

一方これでオレは2つ間違えたため、一気に脱落候補に名乗りを上げる。

ちなみに正解は『タピオカが入ったドリンクを飲む』という意味らしい。

「あなたって……思っているよりずっと世間のことを何も知らない？」

席に戻るなり呆れた様子の堀北からの指摘を受け、オレは背中を丸めるしかなかった。

13ターン目の堀北クラスからの攻撃。

ジャンルは『漢字』難易度は1。ところがその後思いがけず堀北の言葉が止まる。

スムーズに4人目まで指名していたが、最後の1人で迷いが生じたのだろうか。

ここまで来ると頭の中で情報を整理するのも一苦労だ。

誰が何を得意としていて、何を不得意としているのか。

Aクラスに関する貴重な情報を早くも使い果たしてしまったのかも知れない。

まだ残り時間はある。自らを落ち着かせるように深呼吸する堀北。

そこへ救いの手が差し伸べられた。

「里中がいいんじゃない」

つまらなそうに、淡々とそう呟いた1人の生徒。

特別試験中、今のところ一度も指名されることなく暇を持て余していた人物、櫛田だ。

「ありがとう櫛田さん。では先生、最後の1人は里中くんでお願いします」

理由を聞くこともせず、堀北は全面的に信頼している様子でその助言に従った。

結果、里中はプロテクトもされておらず、問題にもミスをしてくれる。

「里中が漢字苦手なんてどこで仕入れたんだよ」

感心しながら牧田が拍手する。

「どこでって。どこからでもそんな情報は耳に入ってくるから」

大したことじゃないと櫛田は言って、興味なさそうに視線を適当なところへ。

「あなたには色々と助けられるわね。ありがとう」

「別に」

堀北から感謝の言葉を述べられるも、櫛田は嬉しくなさそうだった。

だがクラスの中で今立場が良いとは言えない以上、こうして目に見える貢献をしておくのは悪いことじゃない。

どうやら堀北が自信をもって後半戦に挑めている理由の1つはこれなんだろう。

櫛田桔梗が持つ類稀な情報網。

単に友人関係が広いだけでなく、櫛田は常日頃から相手の弱みを知り集めることを生活の一部としている。だからこそ弱点となる部分に関して抜群の記憶力を誇っている。

ここではその一面しかまだ見せていないが、堀北には事前に多くの情報をもたらしていたと見ていいだろう。何とも心強い存在だ。

13ターン目、一之瀬の攻撃。三度目の防御ターンが来たが、ここで堀北は恵を守ることを選択した。リーチのオレは守ってもらえず見捨てられたらしい。

しかし読みは当たっていたようで、プロテクト成功者に軽井沢恵の名前が表示される。

本来なら問題回避で喜ぶ場面だが恵の顔色は明らかに悪い。

「……あたしを脱落させる気なんだ……！　どう考えても狙ってきてるよね⁉」

「確かにちょっと、やり過ぎ……かも」

同調するように佐藤も答える。だが変な思い込みは無意味な混乱を招くだけ。

「彼女は特定の誰かを陥れるような、そういうタイプじゃないわ」

「それはだって！」

事情を知らないからだと、恵は反論しようとしたが思い止まる。

「とにかくプロテクトが成功した以上、どんな狙いがあるかは分からないけれど次はターゲットから外れる可能性が高いのよ」

「……うん……」

「だけど前半高円寺くんが狙われた時のように3連続で指名が続くと流石に目立つ。一体何を考えているのかしら。一之瀬さんは」

更に次順。14ターン目の一之瀬の攻撃。

「……どうするべきかしらね」

プロテクト枠の配分で堀北が迷いを見せる。いくら何でも恵の4回連続指名はない。そう判断すべきか、あるいはその裏をかいてくることを警戒すべきなのか。

「もう一度守ってみてもいいんじゃない？　私は狙ってくる気がするけど」

考える堀北に対して、櫛田がそう助言を送る。

「ここまでの流れを見てそう思ったの？」

「そうじゃない。これまでの一之瀬さんを見ていてそう判断しただけ」

櫛田はこれまでの流れではなく、一之瀬帆波(ほなみ)の思考にその気配を察している。

「そうね、ここはもう一度守っておく方が手堅いかも知れないわね」

まだリーチではないが、狙ってくれるのなら手堅く得点を稼いでおきたい。

そして、プロテクト成功者が開示され、またも恵の名前が表示される。この特別試験で高円寺の3連続タイ指名を抜いて4連続の記録を立てる。不可解な点はあるものの、負けず劣らず他クラスと戦えていることは喜ばしいことのように見える。


しかし状況は悪いものに変わり始めていた。


攻守バランスよく堀北も坂柳(さかやなぎ)クラスも得点を重ねているが、後半に入り一之瀬クラスは高確率でプロテクトを成功させている。

だがそれ以上に怒涛(どとう)の勢いを見せたのは龍園(りゅうえん)クラス。坂柳も抵抗するため変則的なジャンルと指名を繰り返すものの、好転せず4連続パーフェクトを達成させてしまう。

もはや運だけでは片付けられない異常事態が起きているのは間違いなさそうだった。

ただこの状況で堀北に他に出来ることは何もない。

慌てず、騒がず、確実に点数を重ねていくことだけだ。

6

龍園にとって負けることは苦じゃない。
一度負けても、二度目に勝てばいい。
100回負けても最後に勝てばそれでいいと考えている。
そう思って生きてきたが、ある日龍園の前に大きな障害が立ちはだかった。
その男はどこにでもいそうな間抜けなツラをしてたが、内側には獣を飼っていた。
いや、そんな表現じゃ到底生ぬるいと龍園は考える。
なんと表現するのが正しいのか、その答えはまだ見えていない。
しかし今まで見てきた人間の中でもっとも強大で、凶悪な存在だったことだけは確か。
並の人生を送って、到達できる領域にいる人間じゃない。
あの男、綾小路に敗れ、心をへし折られてから1年以上が経っていた。
圧倒的な力量差。だからだろうか、憎悪のような感情はほとんど湧いてこない。
綾小路と接していると、不思議と悪い気がしないのも確かだった。
それは恐らく、龍園が表面上否定しても……いや、違う。
心の中では綾小路のずば抜けた実力を認めてしまっているからに他ならない。
だが勘違いはするなと言い聞かせる。
龍園はずっと屈したままでいるつもりはない。

綾小路がこの学校を卒業して目の前から消える前に、必ず一矢報いる。

そのためにやるべきは、まず雑多を蹴散らすこと。

Aクラスのリーダーとして君臨し続けている坂柳を抑え込むことだと判断した。

実質、随一の障害が坂柳。

そして――――それを成した後は綾小路を倒す。

それが龍園翔の、この学校で成すべき目標になっていた。

それまで立ち止まることはけしてない。

後半戦が始まった直後。

これまで淡々と坂柳の主力だけを狙いターンを進めていた龍園が席を立った。

「さてと――――それじゃあ、そろそろ始めるとするか。そこをどけよ」

「わ、ちょ、ちょっと!?」

担当官の星之宮を押しのけ龍園が教壇の上に腰を下ろす。

「後半戦。点差はたったの10だ。つまり数回パーフェクトを取れば追い付ける。おまえらに期待していいんだろうな？」

どんな課題が来ても間違うことなど許さない、というリーダーからの圧。

もちろんそんな脅し文句だけで正解率が上がるなら苦労はしない。

「ふざけるな。このクラスの問題だけじゃない。他クラスだってパーフェクトを取ることが難しいことは分かってるはずだ龍園。おまえこそリーダーなら、1人でも多くプロテクトできるように知恵を絞れ」

ほぼ全ての生徒が何ら言い返せない中、時任は怯むことなくそう不満をぶつける。

「ククッ。おまえも二度間違えて後がないからなぁ。脱落すりゃ反抗的なおまえは真っ先に退学候補の仲間入りだ」

「……っ」

「だがまあ安心しろ。ここから先はおまえの望み通りの展開を見せてやるさ」

「どういう意味だ」

「おまえらに期待するって部分は嘘ってことだ」

龍園は振り返り、モニターが切り替わったことを確認する。坂柳による指名が完了したことを告げ、5名のプロテクト枠を龍園が答えるターンが回って来る。

相手の選んだジャンルは『スポーツ』。しかも得点を2消費しての難易度3。

龍園クラスには1点も与えない。そんな容赦のないAクラスからの攻撃に生徒たちが慌てふためく。

だが唯一、龍園だけは好都合だとほくそ笑んだ。

「『葛城』『椎名』『時任』『野村』『伊吹』だ。さっさとしろ」

ジャンルや難易度などどこ吹く風。

そんなもの見ていないかの如く、即座に5名を指示。

「ちょ、ちょっと教師に命令口調やめてよね。……全く」

慌てて星之宮が、龍園が口頭で伝えた5名を入力し防御側の行動を終える。

何も考えずに指名することで、坂柳の策略に惑わされない狙いでもあるのか。そんな風に考える生徒もいる中、結果が発表される。

防御側プロテクト成功者
『葛城康平』『椎名ひより』『時任裕也』『野村雄二』『伊吹澪』

「な、なんだと……?」

龍園に睨みを効かせたまま立ち尽くしていた時任が、その結果を見て驚愕する。

迷いのない即答が功を奏したのか、有言実行となるパーフェクトを達成した。

「ギャンブルってのは良いもんだなぁ。適当にサイコロを振ってみるもんだ」

続く12ターン目。龍園はまたもノンストップでプロテクト枠の5名を通達。

結果、またも全員プロテクトに成功し僅か2ターンで驚異的な猛追を見せる。

13ターン目、14ターン目も同様だ。

坂柳の指名が分散されても、全て誘導ミサイルのように張り付き防御を成功させる。

「ククッ。どうすることも出来ないようだな、坂柳」

この特別試験が始まる前から、龍園が重要視していたのは他のリーダーとは全く異なる部分。

獣の臭いをどこまで消すことが出来るか。真後ろに牙が迫っていることをどれだけ悟らせずに獲物を追い詰められるか。それだけだった。

今から手を打ったところで他クラスにはどうすることも出来ない。前半戦を凌いだことで勝ちを確信したからこそ、一気に反転攻勢へと打って出た。

「何が起こってるわけ……!?」

何か仕掛けがあることは間違いない。

だがクラスの担当官である星之宮にも、そのトリックは分からないままだった。

7

1ターン目の攻防から一之瀬はクラスメイトに繰り返し言葉をかけ続けていた。

「クラスから退学者を出すことは絶対に避ける。だから不安にならず安心して」

分かっていても、不安を覚える生徒は少なくない。

だからこそ一之瀬は、そう口にすることで仲間に安心を与えた。

無論、それは出まかせではなく真実。だが今までと同じやり方で戦い、後手に回ってしまえば他のクラスはその隙を容赦なく突いて来る。

大前提は脱落者を0に抑えること。負けた時の万が一に備えておく。

脱落者さえ出さなければ最下位でも退学者は出さなくて済む。守りのスタイル。

ただし勝つことを放棄したりはしない。

じゃあどうやって守りつつ勝ちを狙う戦いをするのか。

相手の土俵に合わせて戦うんじゃなく、相手をこちらの土俵に引きずり込む。

退学者を出さないための立ち回り、それを見た相手は防衛最優先と決めつけてくる。

前半戦、2ターン、3ターンと進むにつれて堀北の狙いは明らかだった。

不特定多数の中から二度問題を間違えさせ脱落へのリーチ者を増やすこと。

これが5人にまで膨れ上がった時、一之瀬がどうするかを試すつもりなのだ。

「ありがとう堀北さん」

一之瀬は堀北の賢くも慈悲深い行動に感謝する。

得点さえ稼げるのなら、敵のクラスから脱落者を出す出さないは気にしないやり方。

そうでないと困る。

最初に変則を好む龍園ではなく手堅く攻めてくれる堀北が相手だったことは幸運で、一之瀬はリーチ者を最優先にプロテクト枠を使用していく。

「私は誰も見捨てない。それを信じてくれるよね？」

味方を傷つけたくない想い。

相手が無謀な一手は打たないように自分から両手を広げて迎え入れる。

「クラスの、学年の、学校の……全員が退学しないで済むならそれが一番いい」

その気持ちに偽りはない。

しかしクラスの犠牲者を生むくらいなら、そのために必要な犠牲はある。

だから龍園クラスから脱落者を出すことに迷いはなかった。

勝利のためには、他クラスを沈めなければならない。

結果として前半戦を終えた時、一之瀬の攻撃によって龍園クラス4名が脱落した。

最終的にこの中から誰かが消えれば、間接的に退学に関与したことにはなってしまう。

仕方のない犠牲。心を痛めつつも、割り切るしかない者たち。


――ただ、それは龍園が負けた場合の話だ。


「1分後に後半戦を始める。全員席について備えるように」

真嶋先生の合図を受けて一之瀬は携帯を開く。

そしてゆっくりとチャットアプリの履歴を辿っていた。

ある人物とのやり取り。それは前半戦が始まった直後になされたものだ。

『龍園くん、突然だけど私と手を組んでくれないかな？　私はクラスから絶対に退学者を出したくない。そのためには脱落者を0のまま試験を終える必要があるの。だから後半戦は私のクラスから脱落者が出ない立ち回りをしてほしい』

特別試験が始まってすぐ、一之瀬は龍園に向けてそうメッセージを送った。

間髪を容れずに既読が付くと程なくして返事が戻って来る。

『随分と自分勝手な希望だな。俺がそれを聞いて大人しく従うと思ってんのか？』

『交渉の余地はあると思ってるよ。喜ぶプレゼントをしてあげる』

『その話の前に、おまえは鈴音からの攻撃を無傷で凌ぎ切れるってのか？』

脱落者を出さないよう龍園に頼むためには、前半戦の10ターン、脱落者を0で乗り切らなければ話にならない。

『凌げるよ』

『即答か。まさか俺の前に鈴音と交渉してんじゃねえだろうな？　だったら決裂だ』

警戒心の強い龍園相手に下手な嘘は通用しないだろう。

と言っても、一之瀬は堀北と交渉する気など最初からない。成立しない上に坂柳クラスも動き出す。それは避けなければならない展開だ。

『私が皆を守りたい、脱落者は出したくない。そんな考えを持ってることは相手も分かってること。だから堀北さんは、まずリーチになる5人を先行して作り上げられないか狙っているはず。私がその5人をプロテクトで守り続けるかどうか確かめたいはずだから』

もし一度でも5人のうち誰かをプロテクトしなければ、それは脱落者を出してもいい、ひいては最下位になった時に退学者を受け入れる覚悟だと思われてしまう。

しかし守って来れば、攻める堀北にとってこれほど楽なことはない。貴重なプロテクト枠は全て5人に当てられ続ける。だからそれ以上リーチ者を増やさずミスをしていない生徒たちを狙う方針に変えていく。

『龍園くんや坂柳さんと違って堀北さんは他クラスから退学者を出したいんじゃなく、ただ勝ちたいだけだからね。プロテクトされない34人をバランスよく攻撃してくる』

一之瀬の前半戦の役目は、序盤自由に使えるプロテクトを利用して課題に不安を抱える5人をあえてリーチとして逃がす状況を作り出すこと。簡単な戦いではないが、対等に戦うことが出来ないわけじゃない。

『その作戦が上手くいったなら、確かに後半で俺がおまえの指示に従えば脱落者は0だ。だがとんでもねえ話だぜ？　どんなプレゼントをくれるってんだ？』

『25点の保証。こちらが攻撃する10ターンのうち5ターン分に相当する指名者を教える。もちろん他クラスに悟られないように上手く散らせながらね』

誰を攻撃するか事前に教えてもらえれば、それだけで試験は優位に立てる。

すぐに既読が付くも思考していたためか、返答には3分ほどかかった。

『やめとくぜ。悪い話じゃないが俺には俺の考えがあるんでな』

『そう。残念だね』

けして悪くない提案をしたつもりの一之瀬だったが、ここは割り切るしかない。得点でそれ以上譲歩すれば1位の芽がなくなってしまう。何より龍園サイドが得点を上げるよう交渉すらして来なかった時点で期待薄だと判断出来る。

「じゃあ、徹底的にやるしかない……かな」

交渉が決裂した。悪いようにならば幾らでも考えられるが、そうはしない。

危険でも自力で脱落者0を目指す戦い方をするしかない。

しかし——

『おまえはツイてる』

希望が途絶えたと思った相手から、再びメッセージが届いた。

『おまえが前半で誰も脱落者を出さないよう立ち回れたなら提案には半分乗ってやる』

『どういう意味？』

『半分？』

『脱落者を出さないことには同意してやるってことだ。ただしおまえの言った25点の保証、これは余計なことだ。前半戦で妙な動きを見せりゃ坂柳は見抜いてくるからな』

『じゃあ私には何を望むの？』

『後半で攻守が入れ替わった後、必要に応じて俺からの得点を素直に受け入れること。そして詳しい説明はなしだ。俺を信じられるかどうかそれだけで判断しな』

得点を与える側ではなく、むしろ受け取る側になれという不可解な提案。

他の生徒ならば明らかにふざけている、交渉する気など最初からないと思うような話。

「……なるほどね……」

一之瀬が小さく呟く。

今度はここで一之瀬が考える。

龍園を信じていいのかどうか、という点。

時間がかかっただけ迷わなかったと言えば嘘になる。

しかしそれでも、一之瀬は1分と経たずこう返答した。

『分かった、信じるよ』

その決断の早さは他の生徒にはけして真似できないものだったことだろう。

単なるお人好しだから出来た決断じゃない。

一之瀬の理論。考え。龍園が何を狙っているのかを読んだ上で意義があると踏んだ。

メッセージを最初に送信した瞬間、ラグなく既読がついたこと。

そこからも龍園も同様に一之瀬に対して連絡を取ろうとしていた可能性がある。

つまり、全く同じではなくても手を組みたいと思っていた何かがあったということ。

これが特別試験開始前のやり取り。

始まった後半戦、11ターン目から14ターン目の間に事態は大きく変化した。

15ターン目の坂柳クラスから龍園クラスへの攻撃。その防御側の結果が発表されるがまたもパーフェクトに成功する。それを見て、一之瀬は周囲に悟らせず微笑んだ。

『凄いね。これがあなたの狙いだったんだ』

『生かしてやるから大人しくしとくんだな』

『最初から私と手を組む必要なんてなかったのに、応じてくれたんだね。ありがとう』

『俺が善意で応じたとでも思ってんのか？　俺にとっちゃおまえが最下位になっても利益が薄いからな。必要に応じて得点のコントロール権を貰っておいただけなんだよ』

確かに龍園の交渉では一之瀬が素直に得点を受け入れることが条件。即ち、坂柳クラスに負けている状況なら得点を意図的に増やし強制的に3位以上を取らせることも簡単だ。

この特別試験の結果を見越した一之瀬は仲間を失わずに済むことに安堵。特別試験が伝えられた直後は、満場一致特別試験で争いの火種になるリスクを恐れプロテクトポイントを配る選択を選ばなかった。そのことを危うく後悔するところだった。あとは——

現在、一度間違えている軽井沢恵。あと一度間違えさせればリーチにさせられる。まだBクラスが最下位に転落する可能性はある。既に脱落しているメンバーには軽井沢よりも序列の低い生徒も交ざっていて、排除は強く望めない。

それでも——チャンスはある。

ただそのためには、まず連続指名を一度途切れさせること。

「ダメ……それは悪い手……」

今は個人的な感情ではなくクラスのために行動すべきだと自らに言い聞かせる。

綾小路は自分を拒まない。軽井沢との関係を続けていても受け入れてくれる。

なら、同時に進行して全てを自分で上書きしてしまう方法だってあるのだ。

自分が最低な人間だと思い知らされながらも、それで構わないと考えてしまっている。

「私たちが1位を取れなくても、実質勝ちにする方法は、坂柳さんを最下位にすること」

限られた時間の中で一之瀬は呼吸を整える。
そして携帯へと視線を送る。
ここまでどれだけプロテクトで保護されても軽井沢を狙い続けた意味。
もう十分に伝わっているはずだ。
自重することに成功した一之瀬は、改めて腰を据えた。
「軽井沢恵さんの指名をお願いします」
16ターン目も変わらず、軽井沢の名前を伝える。
決意を新たにした一之瀬は迷わない。
ひとまずこれでいい。
そして、あとはひたすら繰り返すだけ。
「軽井沢恵さんの指名をお願いします」
携帯を握りしめ、一之瀬はこの特別試験の実質勝利を確信する。

8

15ターン目のスタート。ついに4クラスがほぼ横並びになる。1位は一之瀬クラスの42点。同率2位で堀北と坂柳クラスの40点。3位が龍園クラスで39点。
前半戦の貯金は底をついた。今はまだ突き放されていないだけで、このまま推移していけば引き離されていくだけだろう。

序盤は龍園クラスのお陰で不安を抑えられていたが、怪しげな暗雲が立ち込める。

状況次第では最下位にも十分になる可能性があるところまで追い詰められた。

「嘘だろ嘘だろ⁉　勘弁してくれよ⁉」

「私退学なんて絶対嫌だからね！」

「俺だってそうだ！」

前半戦から脱落者も1人増え4人となったため、危機感を覚えた生徒たちが騒ぎ出す。

こうなってはそれ以外の者たちも勉強どころではない。

椅子を引いて立ち上がった堀北。もう指名を始めなければならない時間だが、落ち着いた足取りで騒ぐ生徒たちの横を通り過ぎる。

「慌てないの」

教壇に立った堀北が、クラスメイトに対して言葉を投げる。

「確かに状況は最悪に近いわ。私たちのクラスからは現時点で脱落者が4人。1位は一之瀬さんに奪われるし、最下位だった龍園くんのクラスはパーフェクトを続けて異常なスピードで追い上げてきている。もう絶対に勝てるとは言ってあげられない展開になってしまっているわ」

今から龍園の戦略を見抜いてパーフェクトを阻止することが出来れば別だが、それも望めない。一之瀬の高い確率で成功させるプロテクトにも関与できない。

「出来ることは、最後まで全員で戦うことだけ」

勝つ保証を、今の段階で与えてやることは出来ない。

しかし競い合う試験である以上、リーダーは保証のない保証を与えなければならない。

弱気に発言しても、無意味に強気でもダメだ。

発言の裏にある真実だけが、クラスメイトたちの心に刺さる。

堀北は乗り越えられると信じている。それが生徒たちに伝わる。

いつもならフォローに回る洋介も、今ばかりは堀北の言葉に耳を傾けていた。

「私を信じて」

精神論で乗り越える。もちろんその選択も仕方がないものではある。

だが、堀北の様子を見ているとそれだけではない気がした。


15ターン目。一之瀬クラスの攻撃。

防御側プロテクト成功者『軽井沢恵』『佐藤麻耶』『三宅明人』

堀北は3名のプロテクト成功者を出すことに成功する。

更に残る2名も問題に正解したことでパーフェクトを達成した。

息を吹き返すような5得点。しかし、執拗な連続指名は途切れていなかった。

「な、何なのよ……！」

喜びよりも恐怖が勝って来たのか、モニターから目を逸らす恵。事情を薄々察している生徒だけではなく、何も知らないクラスメイトたちですら、その異常なこだわりに対して不気味なものを感じ始めていた。
プロテクトを成功させた堀北は、そうではないようだったが。

続く16ターン目。一之瀬クラスの攻撃。

防御側プロテクト成功者『軽井沢恵』『西村竜子』

今度は2名。だがまた恵の名前だ。
「やめてよ……何なのよ……」
一之瀬はどこまでも軽井沢を指名し延々と攻撃を繰り返す。
特定の生徒だけを狙い撃てば、それは意図的に脱落を誘発しその生徒を退学させようとしているのだと連想されてもおかしくない。自分のイメージを壊す行動は途切れない。

17ターン目。一之瀬クラスの攻撃。

防御側プロテクト成功者　『軽井沢恵』『平田洋介』

それでも止まらない。


止まらない。

何度防がれても。

どこまでも指名は止まらない。

「なんで、あたしばっかり指名して……そんなの……」

18ターン目。一之瀬クラスの攻撃。
防御側プロテクト成功者　『軽井沢恵』『長谷部波瑠加』『小野寺かや乃』
19ターン目。一之瀬クラスの攻撃。
防御側プロテクト成功者　『軽井沢恵』
20ターン目。一之瀬クラスの攻撃。

防御側プロテクト成功者　『軽井沢恵』『須藤健』

後半戦の合計10ターン。

一之瀬は最初から最後まで恵を攻撃対象から一度も外すことはなかった。

○新たな退学者

後半戦に入った坂柳の最初の攻撃。
今度は堀北クラスから龍園クラスへと対象が移動する。
特別試験前、龍園クラスとの戦い方の方針は特に定めていなかった。
どうとでもなる相手に、緻密な戦略を練る必要はないと考えていたからだ。
だが、今の坂柳には余計な情報がインプットされてしまっている。
クラスメイトである橋本から、事前に強い進言が行われた前夜の電話。
色々と聞かされた中で、幾つか強く坂柳の心に残ったものがあった。
そのうちの1つが『椎名ひより』を脱落させ、退学の可能性を探るべきだという話。
橋本個人の考えに興味などなかった坂柳だったが、その理由を聞いて思考を止める。
椎名に向けられる綾小路の視線と扱い。
それらが普通の生徒とは異なっていると橋本は言った。
その発言が坂柳の興味を引いた。
もしも椎名を退学させることが出来たならば、綾小路は感情を見せるのだろうか。
「しかしそれも既に叶わぬ展開ですね」
前半、一之瀬の戦い方は今までよりも強く意志を持っていた。以前ならば敵である龍園のクラスから脱落者を出すことにも躊躇を見せたはず。ところが蓋を開けてみれば一之瀬に迷いはなかった。前半だけで石崎、磯山、矢野、諸藤の4名を脱落させてきた。

自分たちのクラスだけは絶対に守る。そのためには外野に容赦しないという決意。

坂柳がここから椎名だけを狙い撃ち脱落させることが出来ても、犠牲になるのはそれ以外の生徒になる。

確率の低い椎名の退学を狙うのは効率を落とすようなもの。

椎名は現時点で一度だけのミス。解けない問題を直撃させて2回間違えさせることは出来るとしても、プロテクトまで避けられるかは難しい。立ち回りは容易ではない。

「面白い――――」

1位で前半を折り返し退屈しかけている試験。遊びがあっても悪くない。

あえてハードルの高いターゲットを脱落させてみるのも面白いと判断を変えた。

難関を突破した上で、当然首位をキープしてゲームを終える。

そのために、どう戦略を組み立てるべきか。

自らのターンが回って来るまでの数分間の間に方針を固める。

そして、いざ11ターン目の攻撃を開始する。

ところが――――。

11ターン目、坂柳の指名した5名全てがプロテクトで防がれてしまう。

得点2を消費して、絶対に掻い潜らなければならないプロテクト枠。完全な裏目。

だが生徒たちは口々に言う。ファインプレーなんて気にしないでいい、と。

しかし坂柳は違った。

たった一度のパーフェクト。しかし低い確率を引き当てたことを運だけとは見ない。

頭の中ですぐに椎名に対する自らに課した課題をリセット。

そして戦略も理論も捨てて、何もかもアトランダムに選出して通達する。

つまり誰にも予測できないジャンルと指名者の組み合わせ。

その結果は11ターン目と同じパーフェクト。２連続の奇跡を見せてくる。

クラスメイトたちも、流石に戸惑いを隠せない様子だった。

凡人の思考であれば、自らの考えを読まれた戦略負けを第一にイメージしてもおかしくないが、坂柳の中にその思考は存在すらしていない。

何者かが動いている。考えられる答えは１つだけだと２ターンで確信する。

このクラスには裏切り者のユダが紛れ込んでいる、と。

明らかに内部の情報が漏れている。

そうでなければ、説明のつかない事象が起き始めている。

坂柳は次のターンが回ってくるまで、一言も発さず生徒たちを観察することにした。

顔を見合わせて龍園の幸運を嘆く者。脱落しまいと携帯にかじりつく者。

やがてやって来る13ターン目の攻撃。

この瞬間だけはクラスが自然と静まり返る。

坂柳は沈黙する。30秒、1分と間を置いて指名者を通達しない。

これ以上、龍園に守られないために知恵を絞っている、というわけではない。

この沈黙はクラスメイトに向けた、坂柳からの無言の命令。

『火遊びはここまでにしろ』という隠れたメッセージ。

時間ギリギリまで沈黙を貫いた後、坂柳は5名を茶柱先生へと通達した。

しかし、結果は変わらずまたもパーフェクトを達成。

「残念です」

1人呟いた坂柳は、3連続の失態を受けて笑みを弱める。

リアルタイムで情報が漏れている以上、方法は限られてくる。

チャットやメールに坂柳が指名した生徒を打ち込んで送るというもの。情報収集のために携帯を用いている以上、文字を打ち込んでいても怪しまれる動作にはならない。

次に考えられるのが電話などによる音声。坂柳が教師に通達した時点で即座に相手に伝わる上に、携帯に触れていなくても実行できる。

事前対策として教師に紙で伝えても構わないかの承諾を取る。それが無理でも耳打ちをする方針に切り替えれば、音声による漏洩は防げる。

しかし――――。

坂柳は教師の背中に鎮座する大きなモニターに視線をやる。

携帯のカメラを使った方法を取っていれば、音声を防いでも解決する保証はない。

いっそ、物理的に情報を送れないようにするのが唯一の防衛策か。

全員に携帯、タブレットの操作を止めさせる。

そして教師への通達は耳打ちを採用し、龍園が5名を指名するまでの間、全員に後ろを向かせるなりして情報をシャットアウトさせてしまう。

これで解決すれば御の字と言える。

まだ15点献上しただけで、龍園の暴挙を止めることは出来る。

思考を続けていく中、沈黙を破ったのは坂柳ではなかった。

「情報が漏れてる」

そう言ってクラスの静寂を打ち破ったのは、クラスメイトの森下藍。

無表情のまま、彼女はそう呟いた。

「森下さんの言う通りかもしれません。一度全員の携帯に触れる手を止めさせてチェックすべきかと。龍園くんの仕掛けがある可能性もあります」

僅かに遅れ真田も森下の言葉に同意する形で、坂柳に対応を求めた。

即座に立ち上がる鬼頭や橋本。

「対応は必要ありませんよ」

「で、でも……！」

「今は問題を解くヒント、足がかりを得るために携帯を使い続けるべきです」

この混乱が生まれた状況下、付け焼刃で学習を続けても効果的だとは言い難い。

やるべきことをやらない、思いがけないリーダーからの命令。

「いいのか姫さん。俺も3連続パーフェクトを見て確信した。どう考えても情報が漏れてると思うぜ、手を打たないと――」

「何も予定の変更はありません。このまま試験を続けましょう」

そう指示されてしまえば、他の生徒にはこれ以上追及することなど出来ない。

決定を覆せるだけの権限は誰にも与えられていないからだ。

従いつつも誰もが考える。

坂柳はどうして打つべき手を打たないのかと。

クラスを裏切る行為は簡単にできることではない。相手があからさまにプロテクトを的中させて来れば、試験中に情報が漏れていることに気付かれるのは時間の問題だ。

それを分かっていて実行している以上、携帯を取り上げ視界を塞いだりするだけで解決する問題ではない可能性を憂慮した。

もし対策を打って漏洩が止まらなければどうなるか。

情報入手のロスも生まれ、クラスメイトは混乱し戸惑うことが予想される。

仮に運よく証拠が出てきたとしても、坂柳が裏切り者の立場であれば証拠を自分の傍には絶対に置かない。誰か適当な生徒の机や鞄、教室のどこかに仕込む。そうなれば水掛け論だ。俺じゃない私じゃないとこの場で罪を擦り付け合う展開になるだろう。

確たる証拠を出せない現状で、ユダの可能性が濃厚な生徒への名指しは単純にリスク。

どちらにしても、今は騒ぎ立てる方が損。

1位を掴むよりも最下位を避けることを優先すべきだと坂柳は判断した。

情報が漏れ続けても防御し得点を得る分には影響がないからだ。

堀北からの攻撃を可能な限り防ぎ3位の座を狙おうとしたが、そう上手くはいかない。

モニターから伝わる試験の流れから、一之瀬が堀北をアシストしていることも見えてきた。

裏切り者を使って最下位に陥れるための戦略が、作り上げられていた。

劣勢のまま20ターン目が終了し、3位に6点及ばずの敗戦となる。

「どうやら今回は私の負けのようですね」

4クラスで競い合い、そして最下位を取るという失態。

その事情が内部からの裏切りによるものとはいえ、言い訳など許されることではない。

坂柳は、小さく息を吐く。

まだリーダーとして、この敗戦の責任を終わらせる必要がある。

「敗北してしまったからには、この中から退学者を選ばなければなりません」

試験中に脱落してしまった生徒は神室、山村、杉尾、鳥羽、町田の5名。

「本来であれば純粋なクラスへの貢献度で決めるのが筋ですが、それは致しません。理由は単純で、私から見た5名は同じレベル帯だからです」

誰が抜けたところで戦力としては変化が無いと坂柳は言い切る。

「だ、だったらどうやって決めるんだよ……」

脱落した生徒の1人町田が、不安そうな声で確認を取った。

「ここはくじを引いて公平に消える方を選ぶことにしましょうか」

考えてもいなかった提案に脱落者たちから悲鳴が上がる。

「不服ですか？　生憎とどなたが消えたところで大きく差し支えませんから」

静まり返るクラス内でも、坂柳は粛々と処理を進めていく。脱落者は不満をぶつけたいところだが、下手に心証を悪くして名指しされ退学となる事態だけは避けたい。

「異議を申し立てたところで無意味です。リーダーには退学者を決定する権利がある」

「くじで引いた結果に従うなら、それはリーダーの決定と言えるのかよ」

「無論です。ＯＡＡが低い生徒に責任を取ってもらうケースを想像しやすいように、私は運の無い方を実力の無い方と判断することにしました。またくじに不参加を表明すればその時点で戦いを放棄したものとみなし、その方を落とすことにしましょう」

強制的に参加させるため、粛々と坂柳は逃げ場を消していく。

「くじ、作っておきました」

重い場の空気を読んでいない、能天気な声で坂柳に話しかけてきた女子生徒。

「準備が早いですね森下さん。しかも丁寧な色付けありがとうございます。では時間が惜しいです、素早く済ませることにしましょうか。色が付いた紙を引いた方には残念ですが退学して頂きます」

用意されたくじは全部で5枚、5分の4助かる。それだけの話。

「どなたから引きますか？　1番目に引こうと最後に引こうと確率は変わりませんよ」

自分の手で退学を避けてみせるか、他人が退学するのを待つか。

拒否したい感情を堪えながら、町田が先陣を切ってくじを引いた。

「っっっっしゃ！」

真っ白なくじを引き町田は今までで一番のガッツポーズを見せた。

それに触発され、杉尾、鳥羽と続く。

1人、また1人と、引いた紙の先に色は付いていなかった。

そうして残ったのは2名。神室真澄と山村美紀。

前者は引きに行くのが面倒で残っていただけ。

もう1人は怖くて動けずにいた。全く理由の異なる者が取り残される。坂柳にとっては先に助かった3名よりも、交遊があった両名だが顔色を変えたりはしない。

誰が消えても関係ないと判断したからこそ、公平な確率のくじ引きを選んだ。

「あんた先に引いていいよ」

神室に催促されたものの、山村は動けずにいた。

2分の1で自分が退学するという、心の準備が一切出来ていない今に震える。

退学した後のことなど考えられない。

前に進みたくても、足がすくむ。

「わ、私、私は……」

「ったく――。じゃあ私が先に引く。それでいい？」

声を出せず山村は、繰り返し頷いて肯定するのが精一杯だった。

神室がくじを握りこんでいる森下に近づく。

「待ってください」

手を伸ばす寸前、そう待ったをかけたのは坂柳だった。

「私はくじを引かない方には退学して頂くと言いました。つまり引くことを拒否した山村さんには消えて頂くことになります」

「えっ――？　だ、だって、え……？」

「それで異論ありませんね？」

「え、え、っ……そ、そんな……」

「なにそれ。もしかして私を助けようって話？」

「そうではありません。事実を申し上げたまでです」

「あっそ。だったら私と山村で同時にくじを引けば解決する。そうよね？」

坂柳は前のめりに退学者を決定しようとするが、それを止めたのは神室だった。

自らの退学を避ける機会を平然と棒に振った。

「ほらさっさと来なさい」

一歩を踏み出せない山村の前まで行き、腕を無理やり掴んで引きずって来る。

「私とあんたの運のどっちが上かを決める最初で最後の機会よ」

「あなたも随分と優しいのですね真澄さん。そのまま切り捨てるべきところを、危険を冒して助ける必要がありますか？」

「別に。何となくよ」

「そうですか……。では、両者同時に引いて頂くことにしましょうか」

森下がくじ2本を差し出す。

神室が選びきれない山村の左手を無理やり近づけると、反射的に1枚を握った。

それを確認したところで神室も1枚を握る。

「恨みっこなしよ」

落ち着かない山村に、神室は不器用ながらも少しだけ優しく声をかけた。

「じゃあ手を離します」

森下がゆっくりと言い、同時に握りこんでいた手を開く。

ひらりと僅かな風によって揺れる2枚の紙。

色のついた紙を引いた方の退学という取り決め。

指先にその紙を握っていたのは神室だった。

その結果を、当人以外の生徒たちはすぐに受け入れられず声を出せない。

「決まりね。良かったじゃない山村、あんたは生き残ったってこと」

「あ、え……」

まだ、在学も退学も整理の追い付いていない山村の肩を優しく叩いた。

静寂に包まれたAクラス。

以前戸塚が退学した時とは全く状況が異なる、敗北によるクラスポイントの減少と退学者の選択。

Aクラスが本当の意味で初めて経験する挫折。

意外だったのは、唯一の犠牲となった神室が終始落ち着いていたことだ。

クラスメイトたちから視線が注がれるのを鬱陶しそうに払いのけ、神室は席に戻る。

坂柳はそんな彼女から視線を外し、担当官である茶柱に進行を促す。

「では——これで今回の特別試験を終了とする」

長い時間を要した生存と脱落の特別試験が終了した。

1

最終結果
1位　龍園Dクラス　69点
2位　一之瀬Cクラス　62点
3位　堀北Bクラス　59点
4位　坂柳Aクラス　53点

後半戦の10ターン全てをパーフェクトで防衛した龍園が逆転勝利。

この順位確定により龍園クラスは100クラスポイントを獲得。2位3位となった両クラスは残念ながら50、そして坂柳は100クラスポイントを失った。

前半戦からは想定できない、上が全て落ちる結果は意外なものだっただろう。

敗北は喜ばしいことじゃない。しかしクラスメイトたちには不満の色はほとんどなく、むしろ3位で乗り切れたことへの安堵感の方がとても強いように感じられた。

無理もない。脱落していた者たちは最後まで気が気じゃない時間を過ごしたからな。

茶柱先生にAクラスからの退学者についてなど、詳しいことは週明けに報告すると伝えられ今日は解散となった。

興奮冷めやらぬ中、廊下側から1人の生徒が勢いよく教室の扉を開けた。

「ごめん！　軽井沢さん！」

「っ、い、一之瀬さん……!?」

10連続指名して圧をかけられた恵が、一之瀬の登場に表情を強張らせる。

それを守るように、佐藤が恵の前に身体を滑り込ませた。

それを見てすぐに最後尾に座っていた堀北が席を立つ。

「落ち着いて軽井沢さん。あの不可解な連続指名は一之瀬さんなりの助け船だったのよ」

うんうんと一之瀬は謝罪をしつつ、堀北の言葉に同意を示す。

「は？　なにそれ、どういうこと……」

「彼女は彼女なりに、私たちに得点を与えようとしてくれていた。そうよね？」

「チャットや電話で連絡を取ることも考えたんだけど、私たちが得点をあげると言っても不自然に感じるのは当然のこと。だから、あえて分かりやすいメッセージとして連続指名することにしたの。それで堀北さんが勘づいて、私に連絡を取ってくれた」

一之瀬からではなく堀北からのコンタクト。それが重要だったと一之瀬は説明する。

「その後何人かプロテクトできたのも、一之瀬さんが事前に指名者を教えてくれたから」

「なんでそんなこと、する必要あんのよ……」

「Aクラスを倒すため、かな。実質2位以下のクラスは負けない戦いが出来た」

「ええ。こっちは真っ向から坂柳さんと競うしかなかった。渡りに船とはこのことね」

もし一之瀬からのサポートがなければ、6点差はひっくり返っていたかもな。

「だ、だからってなんであたしだったのよ」

「軽井沢さんは女子の中心として活躍してるし、脱落から守りたいと堀北さんが考えるのが自然でしょ？　だから最初から指名を続けるつもりだったんだ。だけど、やっぱり不安に感じてると思って急いで飛んできたの。本当にごめんね！」

正当な理由とそれを裏付けるために堀北から見せられたメッセージを見て、ひとまずは溜飲(りゅういん)を下げる恵。

それからも一之瀬は何度か恵に謝罪しつつ、クラスメイトを待たせているからということで帰って行った。

その後、順位表を見つめる堀北に労いの言葉をかけ、生徒たちは帰路に就き始める。

そんな堀北に、オレからも声をかけておく。

「今回は負けたわ。後半戦、明らかに龍園くんと一之瀬さんのクラスには何らかの取引があったはず……。もちろん証拠がない以上、憶測の域を出ないけれど。彼は一切の脱落者を出さず2位に押し上げるよう一之瀬さんのクラスに得点を与えていた」

「ああ。だが重要なのはそこじゃない」

堀北が頷きつつ席を立つ。

「2クラスが手を取り合うなら、基本的には前半戦から動かなければならない。互いのアシストがあって初めて両者に得が生まれて勝ちを共有できるから。だから前半戦が終わった段階で兆候すらなかったことに私は安堵しきっていた」

「それはおまえだけじゃない。坂柳にとっても想定できなかったことだ」

龍園と一之瀬がどの段階で手を組んでいたかは定かじゃないが、少なくとも特別試験の配置が発表されて以降だろう。そして水面上に顔を出さず波を立てず、静かに準備を進めた。

「だが全ての起点は龍園が坂柳の攻撃対象者を全て事前に察知できたからだ」

「誰かがAクラスの情報を彼に流していた……それ以外に説明は付かないわ」

「そういうことだ」

「その生徒は常軌を逸しているわね。クラスを明確に裏切るなんて想像できないことよ。それもDクラスやCクラスじゃない。入学からずっとAを維持しているクラスなのに。一体どんな見返りを貰ったら実行できるというの？」

「2000万ポイント払うから裏切れ。それくらいじゃないとしないだろうな」

いや、それでも絶対に誰もが裏切るかと言われれば懐疑的だ。

確かに常時クラス移動可能な2000万ポイントを得るのは実質ゴールのようなものだが、卒業まではまだ1年以上残っている。それだけ莫大なポイントが移動すれば裏切りもすぐに白日の下に晒され、その生徒はAクラスから全面的に恨まれる。他クラスからは嫉妬される。次回以降の特別試験で狙い撃ちされ退学の対象になれば、プライベートポイントを守り切れず吐き出すしかなくなる。そうなれば本末転倒だ。

つまり裏切り者が求めたのは通常とは異なる特別な何かと見てもいい。

「気に入らないと言えば気に入らない展開。でも私としては文句が言えないわ。1位を取れなかったのは残念だけれど、Aクラスが最下位になってくれたことでダメージは殆どなく終わることが出来たから。でも――悔しい」

廊下に出て生徒たちの目が逸れたところで、堀北は隠さずそう素直に吐き出した。

「その悔しさは次の特別試験にもっていけばいい」

「そうね……そうさせてもらうわ」

「オレはこれから龍園のクラスの様子を見に行く。おまえはどうする？」

「……今日のところは帰る。彼からの嫌味を大人しく聞ける自信がないから」

確かに、調子に乗った龍園から煽られる可能性は否定できない話だ。

2

歓喜に沸いているであろう龍園クラスの様子を確かめるべく、Dクラスの近くまで足を運んだ時、ひよりの姿を見つける。

窓から階下を見ているようだった。

その表情がいつも見せている柔らかな笑顔ではなく、硬い表情だったことに違和感を覚えたオレは静かに近づき、同じように窓から階下を見てみる。

そこから見えたのは龍園とその取り巻き数人。

目立つのは飛び跳ねながら身振り手振りで喜びを表している石崎。

そして派手な動きを注意することもなく、堂々とケヤキモールの方へと歩いている葛城の姿もあった。一瞬見えた横顔はいつも通り緩みの無い険しいものだったが。

「勝利の美酒を味わうための、ってところか」

今日くらいケヤキモールで豪遊したとしても驚きはしない。

「そのようですね」

ひよりは自然な口調でオレの言葉に同調した。

「おまえは行かなくていいのか？」

「お誘いはされたのですが、今日はお断りしました」

「どうして」

「何となく祝う気分になれなかったから、でしょうか」

喜ぶ生徒たちの中で、笑顔が全くないのはひよりくらいではないだろうか。

「今日の龍園(りゅうえん)くんの戦い方、考え方を見ていて——少し不安を覚えてしまったんです」

「下馬評じゃ不利と言われた中での1位だ。これ以上ない成果だったと思う」

「結果だけを見ればそうです。でも……」

一度だけ言葉にするのを躊躇(ためら)ったひよりだったが、数秒して続ける。

「このまま何事もなく勝ち進める戦い方と言えるのか、そのことには疑問が残ります」

「正攻法とは言えない方法だろうからな。クラスの実力という意味じゃ足踏みしている」

龍園個人としての奇策に賭ける能力は磨かれたが、それだけ。

「今回は何とかなりました。でも次に勝つための上積みには出来ていません。負けろとは言いませんが、貴重な成長の機会を1つ失ってしまいました」

「かもしれないな」

ただし、そのためには新しい血が流れる必要があるのかも知れない。

「私たちがAクラスに上がるために必要なピースは、同時に邪魔なピースでもあります。困りましたね」

ひよりには自分のクラスの明確な弱点が見えている。

龍園が存在するからこその強さ。

その裏には龍園が存在するが故の弱さも含んでいる。

「そのことに気付いている生徒がいるなら、まだ望みはある」

勝者のインタビューを軽く聞きたかったが、追いかけて邪魔をする気はない。

心配そうにしていたひよりはその足で図書室に行くらしく、一緒に行かないかと誘われたが今日のところは断ることにした。

一之瀬、坂柳クラスの様子も見ておきたかったからだ。

一之瀬クラスに関しては、よくも悪くも普段と変わらない様子。最下位を避けることは当然のことながら脱落者を0に抑えることで確実な保険を作った。特定の誰かを見捨てない戦い方はそれだけリスクを抱えるが、結果的には2位で終えている。

堀北の狙いを見定め、あえてリーチ者5人を作らせる前半戦の立ち回り。そして早い段階で交渉を進めていたと思われる龍園との後半戦での共闘により、脱落者を0に。更に堀北へとアシストをして坂柳を最下位に沈めた。

間に立つクラスとして出来る最善の行動を取れたと評価してもいい。

3

放課後。既に時刻は午後5時を回った。2年生に実施された特別試験の関係上、今日は部活動も中止になっており校内に残っている生徒はごく僅かになっている。

坂柳はまだ運び出されていない神室の席に腰を下ろし、静かにその時を待っていた。

やがて約束の時間を迎え、教室の扉が開かれる。

「待っていましたよ、橋本くん」

「わざわざこんな場所で、しかも2人で会おうなんてどういうつもりなんだ？」

「反省会です」

「だったら、ちょっと怖い話になりそうだな」

「今回の特別試験の結果は、非常に残念なものになりました。私の不覚です」

「確かに残念だったが、姫さんを責められる奴はいないだろ。どう考えてもクラスの情報が龍園に漏れてたとしか思えなかったからな」

入室してきた橋本が、神室の机に軽く手を置いて教室を見回す。

「裏切り者のせいで真澄ちゃん――神室ちゃんは退学になる。許せたもんじゃないぜ」

「橋本くんは自分さえ良ければ、誰が退学しても気にしない方だと思っていました」

「これでも2年間仲間だったんだぜ？　俺にも怒りの感情くらいは湧いてくるさ」

「そうですね。しかしどうやってクラスの情報を流したと思いますか？」

意見を求めるように、坂柳が橋本に問いかける。

「普通に考えるなら携帯を使って情報を流す、とかだろうさ。シンプルで効果的だ」

「私も同じ考えです」

「なあ、だったらなんで森下が発言した段階で対策を立てなかったんだ？」

「対策とは？　全員から携帯を取り上げる、などでしょうか？」

「そうだよ。そうすれば傷口が浅く済んだんじゃないのか？」

「裏切り者もバカではないでしょう。対策の1つや2つ立てていたはずです。下手に犯人探しを始めれば、かえって混乱すると判断しました」

「先を見越して静観したってわけか。姫さんにしか出来ないような采配だ」

　橋本はゆっくり、並んだ机と机の間を歩き教壇まで歩みを進め振り返る。

「……にしても姫さんは、いくらくじの結果とはいえ神室ちゃんを切って心が痛まなかったのか？」

「心が痛む？」

「仲良かったろ。俺なら自分を曲げてでも鳥羽(とば)辺りに退学してもらったぜ」

「そのようなことはありえませんね。彼女は特別な存在でもなんでもありませんから」

「何だかんだ2年間苦楽を共にしてきたってのに、ブレないなんて強いな。俺は神室ちゃんが割と好きだったし、すぐには割り切れそうにない」

　離れた位置からそう答えた橋本の表情には、確かに複雑な思いがあるようだった。

「あなたはその真澄さんが退学する原因となった裏切り者は誰だと思いますか」

「質問ばっかりだな。俺は生憎(あいにく)見当もついてない。姫さんには心当たりあるのか？」

　笑った坂柳は、静かに椅子を引いて杖(つえ)を持ち立ち上がる。

　それから橋本に自分の下へ来るように指示を出した。

教壇から離れて橋本はその通り、坂柳の前にまで戻って来る。

「あなたですよね橋本くん、内部の情報を漏らしていた裏切り者なのは」

そう問われると、橋本は頭を掻きながら重いため息をついた。

「ここに呼ばれた時点でそんな話をされると思ってたぜ。なんせ俺が疑われるのは無理もないからな。情報通の姫さんなら知ってるだろうけど、俺は他クラスに移籍する道も常に模索してる。そういう立ち回りをしてる人間だってことも認める。けどな、今折角Aクラスにいるのにその地位を落とすような真似すると思うか？　どう考えたっておかしいだろ」

疑われるのは仕方がないとしつつも、強く反論する。

「そうですね、普通はそうです。私ですら露骨な裏切りなど無いと思っていましたから」

Aクラスに在籍する生徒が自らを脅かす理解不能な行動に出るとは通常考え辛い。

細部にまで気を配る坂柳すら、仲間の裏切りまで念頭に置いて戦うことは不可能だ。

「クラスを陥れるような真似はしないさ。裏切りそうな奴が本当に裏切ってどうすんだ」

一番目を付けられやすい人間だと自覚するからこそ裏切らないと橋本は語る。

「俺も裏切り者探しを手伝う。そのうえで、身の潔白を証明してみせる」

「では早速手伝ってもらいましょうか」

坂柳は取り出した自分の携帯をコトリ、と神室の机の上に置く。

その画面にはケヤキモールで龍園と歩いていく橋本の姿が写っていた。

「今回の特別試験前、彼と接触していましたね」

「これは龍園が一方的に接触してきたんだ。それで無理やり連れ回されただけさ」

橋本もついていくのは嫌だったと、そう付け加えて弁明した。

「ったく誰が撮ったんだか。もしかして姫さんお抱えの山村だったりしてな」

更に坂柳の言葉を待たず反撃の意味も込めてそう問い返す。

「もう茶番は終わりにしませんか」

否定していた橋本に、坂柳は変わらぬ口調で言い放った。

「どれだけ弁明しても信じてはもらえないんだな」

「あなたが釈明を続けるのであれば、携帯の履歴を見せてもらえますか？」

弁明に対して釈明と言い返す。その様子からも坂柳の疑いは色濃く強い。

「それで俺が白だと納得してもらえるのか？」

「どうでしょう。試す価値はあると思いませんか」

「確かに、試験中に情報を流すなら携帯で通話状態にしておくのが手っ取り早い。あるいは隠れてのチャットやメールだ。だから履歴の残ってる奴が裏切り者になる。けどいいのか？　俺の携帯を確認して何も出てこなきゃ相応の謝罪を求めることになる」

これだけ疑われたのだから、一言二言では済ませられないと強気に振舞った。

「私が間違っていたなら期待に応えましょう。しかし、私が要求するのは通話履歴やチャット履歴ではありません。そんなものは簡単に消せてしまいますからね」

放課後になり、橋本には1人になる時間が幾らでもあった。

それらの履歴を消去するのは造作もない作業だ。

「だったら、なんで履歴を確認したいなんて言ったんだよ」

「見せて頂きたいのは、履歴は履歴でもプライベートポイントの利用履歴です」

　ここまで言えば認めますか？

　そんな坂柳の言葉に橋本が喉の奥で声を詰まらせた。

「あなたは大雑把に見えて慎重な性格です。龍園くんと手を組んでも彼が自分を罠に嵌めて来ない保証はない。もし脱落者に落とされれば自分が退学のリスクを負う。身を守るために書面という形で契約を交わすこともできますが、それはそれで物的証拠が残るため極力避けたい。となれば大量のプライベートポイントを保証代わりに預かっていたとしても不思議はありませんよね。約束が履行されれば全額返還する。されなければプライベートポイントを貰う。これならお互いに余程のことが無い限り裏切ることはないでしょう？」

　橋本は取り出していた携帯を握りしめ苦笑いを浮かべる。

「――ったく。やっぱり一筋縄じゃいかないか。認める、降参だ降参」

　坂柳の指摘は当たっていた。橋本は龍園にクラスメイトから集めさせた大量のプライベートポイントを一時的に預かった。万が一にも脱落者にされないための保険として。

「彼に幾らで買われました？」

「情報料は別に大して高くない。50万程度さ」

「それはまた随分と安い裏切りの値段ですね」

「俺がそのくらいにしておいてやったのさ。プライベートポイントはあって困るものじゃないが、そこが裏切った理由じゃないからな」

橋本はプライベートポイントが主な目的ではないことを強調する。

普通ならすぐに真意を追及されてもおかしくない状況だが、坂柳はそれをしない。

既に、何故裏切ったかを理解しているからだ。

「今回あなたを裏切らせるに至った龍園くんを褒め称えるべきなのでしょうか」

「笑わせないでくれよ。俺は自分の意思であいつに今回の話を持ち掛けたんだ。あいつを情報提供先として選んだのは、裏切り行為を嫌悪せず、利益があれば迷わず受け入れるようなヤツだからさ。堀北や一之瀬じゃこうはいかなかったろ？」

「あなたが内通者として他クラスに情報を渡すと言っても、他クラスのリーダーが話に乗って来たかどうかは別問題ですからね。簡単に承諾してくれるのは彼だけでしょう」

「ああ。だから今日の特別試験、まず俺は3分の2に賭けることにした」

もし特別試験で龍園クラスとの攻防が無い対角線にAクラスが配置されたなら、無理はせず傍観を決め込むつもりだったと橋本は口にする。

それだけで状況は大きく変わっていただろう。

前半戦通りの順位で決着がついてもおかしくはなかった。

「叱責の1つでもしようとは思わないのか？」

「私は教師ではありません。あなたを正しく導く気などありませんから」

橋本は肩を竦め、ポケットに携帯を片付ける。

「俺だけでも身体検査するべきだったんじゃないのか？」

「無意味ですよね。橋本くんの携帯では何も不正漏洩などしていなかったのでしょう？　自分の携帯でスパイ活動をするには危険すぎる。それなら、他クラスの生徒から携帯を事前に借りて、教室のどこかに忍ばせるくらいのことはしていたのではありませんか？」

「そこまで読まれてたか」

「私を試すような真似をしても得などありませんよ」

一本取ってやろうと仕掛けた橋本だったが、すぐに返り討ちにあう。

指摘通り自分に疑いの目が向いたなら、迷わず自分の携帯を差し出すつもりでいた。

あの場で全員の携帯を調べても証拠は1つも出てこない。

時間を浪費するだけだと分かっていた坂柳は、それよりも防御面で活かすために使用の継続を早々と決定しただけ。周りが焦っていると感じていたのは単なる早合点。

「隠し場所は教室内に限定されますが、総出で探し出すにも時間と労力が必要になります。それに廊下にスパイがいるんじゃないのか、などと無知なフリをして誰かさんが騒ぎ立て、その隙に強引に携帯を持ち出せば証拠の隠滅も図れなくはないですしね」

足の悪い坂柳には現行犯で捕まえるような機敏な動きもできない。

神室や鬼頭に耳打ちする素振りを見せれば橋本は迷わなかっただろう。

「特別試験が終わり帰宅する際、あなたはそれほど親しくない吉田くんと教室を後にしていましたよね。彼の鞄にでも仕込んでいましたか？」

「かーっ、ちゃんと見てるなぁ姫さんは。やっぱり俺が一番怪しかったってわけだ」

「ここ最近のあなたの発言を振り返れば納得できる要素もありましたからね」

「しかしなんでだ？　俺が教室に着いた瞬間にプライベートポイントの履歴を見せろと言えばいいのに、どうして時間をかけて自首を促すような真似をしたんだ」

橋本が教室に姿を見せてから、坂柳はすぐに問い詰めてこなかった。

まだ断定していなかったのなら話は違ったが、坂柳は明らかに確信を持っていた。

「裏切り者への慈悲ですよ。試験中にそうしなかったことも含めて」

坂柳はだからこそ、二度も自白する時間を作って与えた。

自らの行いを反省し留まることを伝えていた。

「そのことに気付いてもらえなかったのは残念です。他クラスと接触し便宜を図る、移籍を目論む。それくらいならば火遊びとして見過ごすことも出来ますが、今回はそれらとは一線を画す行為です」

「そうだな。多くの特別試験に言えるが『仲間に裏切られる』と致命傷を負う。クラスは運命共同体だ。だから不満があって指示に従わないことはあっても裏切るまではしない。それがクラスの不利益、そして己の不利益に直結するからな」

だから不満がある生徒も、ギリギリでも自制心で抑え我慢して日々を過ごしている。

「あなたはその越えてはならないラインを越えてしまった」

「否定しない」

　相対する橋本は坂柳に怯むことなくその事実を認めた。

「周囲は理解できないって言うだろうな。Aクラスを陥れて何の得があるんだって。いいや違うね、このクラスには元々勝ち筋が無い。裏切らなくても将来的にBクラス以下に沈んでいくことが決まってるんだ。だったら裏切ってでも勝ち筋を作らなきゃな」

「あなたなりに戦っていると」

「俺だって苦しかったさ。けど、この特別試験は警告を出すには魅力的だったんだ。失うクラスポイントは絶望ってわけじゃない。脱落者だって実力の無い奴が削られるだけ。ここが絶好のチャンスだと思ったのさ。俺はこのクラスを陥れたいわけじゃない。このクラスで勝ちたいと思っているからこそやった一時的な裏切りだ」

「見つかるのは覚悟の上。というより見つかることも計画のうちだったようですね」

「まさか今日のうちにとは思ってなかったけどな」

　クラス全体での集まり、あるいはそれに近い形。そんな場所だと踏んでいた。

　出来れば2人きりの状況で追い込まれるのは避けたいと考えていた橋本。

「俺が裏切ったことに気付いた時点で、理由なんてとっくに分かってるんだろ？」

「だからこの場をセッティングしたんです」

　自らを危険に晒してまで、大きな博打を打った。その理由。

「こうでもしないと本気だと受け取ってもらえないからな。冬休みの終盤にも再三にわたって姫さんに提言したよな。綾小路をウチのクラスに引き抜いて欲しいって」

「ええ。あなたの熱弁は嫌と言うほど聞かされていましたからね」

綾小路の引き抜きと裏切り行為。

他の生徒が聞いても結び付けられず首を傾げるだけかも知れない。

しかし橋本はよく分かっている。坂柳有栖の本質、性質を。

「今回クラスポイントを失っても、俺が裏切ることになっても、そして退学者が出ることになったとしても――――それでも構わないと判断した。無理やりにでもあんたに聞き入れさせる。そう覚悟を決めたのさ」

これは終わりじゃない、始まり。

坂柳が綾小路を引き入れると言うまで、幾らでも裏切るという脅し。

「あなたは私の導きではAクラスで卒業できないと本気で考えているようですね」

「姫さんが優秀であることは認める。それでも近い将来、綾小路クラスの猛進を止めることは出来ないと俺は確信してる。いずれAクラスとBクラスの立場は逆転、その先で俺たちが抜き返すチャンスはない。つまり今の立ち位置なんて幻なのさ」

そしてこう熱く続ける。

「Aクラスで卒業するために一番確率の高い戦略。それが姫さんと綾小路が同じクラスになることだ。それで盤石、絶対に負けないクラスが出来上がる」

「やはりそのような発言を大勢の前で聞かせないで正解でしたね」

「認めないのか？　俺の考えは合ってると思うんだけどな」

「認められませんね」

「悪いが、綾小路は間違いなくこの学年で最強の――――」

「あなたが綾小路くんの何を知っていると言うんですか」

カン！　と杖の先端が力強く床に打ち付けられた。

「ッ……！」

ここまでずっと平静だった坂柳から、明らかな怒りが漏れ出ていた。

「随分と彼に入れ込んだようですが、妄信的な発言をしていることにお気付きですか？」

その異様な圧をかけられ、小柄な坂柳に気圧される橋本。

「自分が一番じゃないと言われて怒ったのか？」

確かにこれは坂柳の怒りだった。

だが自分よりも綾小路を優秀だと判断されたことじゃない。

身勝手に大きく綾小路に入れ込んでいる目の前の男が許しがたかったのだ。

綾小路の出生すら知らぬ凡夫が彼の何を語るのだと。

「プライドを捨てて綾小路を引き抜いてくれよ。もし龍園にでも囲われたら最悪だ」

「龍園くんが綾小路くんを引き抜く可能性は0です。あなたの評価している能力を綾小路くんが有しているなら、それこそ彼は直接倒すために敵としてあり続けたいと考える」

「今はそうかも知れない。だが実際に勝てない状況になったら？　いつまでも敵対していたらAクラスを逃すとなれば考えだって変わ——」

「変わりませんよ。私も龍園くんも好敵手と戦うことを望んでいる。Aで卒業するという部分に対するこだわりなど無いにも等しいんです」

その言葉を聞いて橋本は目を閉じ、息を吐いた。

自らの発言が間違いだったと気付く。今まで見せたことのないこの坂柳の態度の訳。

それは坂柳が橋本が気付くよりもずっと前から、綾小路を高く評価していたからだと。

それと同時に、綾小路の実力は紛れもない本物なのだと改めて裏付けられた。

「もしかしたらあんたのそういう部分に嫌気が差したのかも知れないな。俺はこの学校に入学した時、あんたか龍園のどっちかがAで卒業させるリーダーだと直感した。だが、どうしても奇妙な違和感がずっと拭えずにいた。でもその理由が今ハッキリした。おまえらはAで卒業することに対して、本物の熱意がないからだったんだな」

ライバルに勝つことで結果的にAクラスになっているだけ。

もしAクラスになることよりも優先することが見つかれば、平気で投げ捨てる。

「一方で堀北と一之瀬は熱意を持ってる。不思議なもんだよな。勝てない、実力のないクラスにはその熱意があるのに、勝てる実力のあるクラスにはそれがないんだから。だが綾小路と姫さんが組んだら熱意も糞も関係ない。間違いなく勝ちに繋がるクラス誕生だ」

勝手に納得する橋本を冷ややかな目で見ながら、坂柳が話す。

「綾小路くんを自クラスに引き入れることが勝利の絶対条件だと言いたいのは理解できま

した。しかし、それならクラス移動チケットを勝ち取りAクラスに執着を見せる堀北さん、つまり彼の在籍するクラスに移動するのが最も手堅く簡単な方法ではありませんか？」

「それが叶うような立場だったのか？　俺は」

「もちろんです。クラス移籍したいから今後機会があればクラス移動チケットを譲ってくれ、そう懇願してくださったなら私は喜んであなたにチケットを譲ったでしょう」

「それは惜しいことをしたかな」

わざとらしく悔しがる素振りを見せたが、坂柳はすぐに指摘する。

「ご冗談を。きっとあなたはその状況でチケットを受け取らなかったでしょうね」

「……どうしてだ？」

「あなたの本心など透けています。将来的には不透明でも、今はAの座にいるこのクラスを捨てたくはない。でも綾小路くんは怖い。クラスを移動したいけれど、Bクラスに行ったその後の保証はどこにもない。だからチケットなどでは動けない。自分が動けないなら他人を動かすしかありません」

フラフラとクラス移動を繰り返す生徒は簡単には信用を得られない。

チケットを次に入手するためのハードルは、今よりも遥かに高くなってしまう。

万が一の時、泥船から逃げ出す手段を失ってしまう。

「今後、裏切り者のあなたをクラスに留めておくつもりはありません。今更逃げようと思っても逃げられませんよ？　あなたなりに色々周囲と交渉をしているつもりでしょうが、橋本くんに2000万ポイントの価値はない。誰も本気で拾い上げてはくれない。仮にクラス移動チケットを入手しようとしても、私がAクラスを支配している限り絶対に入手はさせません。無論綾小路くんを引き入れることも同様にありませんが」

つまり橋本は、現時点をもって八方塞がりになっている。

だが引かない。裏切ると決めた時から、橋本は確固たる意志を持って臨んでいる。

「一度で聞き入れてもらいたかったけど仕方ないな。俺はこれからも似たようなことを続けるぜ。必ず姫さんを納得させて綾小路を引っ張ってきてもらう」

これは橋本の大きな賭けだ。

クラス総出となって1人を弾き出せる内容のものが再び来れば窮地に立たされる。

しかしそういったものが来なければ、簡単には橋本を退学には追い込めない。

「何も特別試験だけが退学の場ではありません。お分かりですよね？」

「あくまでも聞き入れる気はないってことか。だったら——最悪は俺が姫さんを退学させるしかなくなるな。その上で俺がAクラスを支配して綾小路を引き入れる」

完全な決別とも言える物言いに、坂柳は乾いた拍手を送った。

「よく言ってくれました。橋本くんの中で今日一番輝いていたセリフです。あなたが私を退学させると言うのなら歓迎しましょう。どうぞやってみせてください」

クラス内での完全な決裂。

どちらかが敗れるまで、決着することのない戦いの幕開けだった。

○覚醒の前触れ

職員室の傍で、坂柳は1人静かにその時を待ち続けていた。

「待ってるのか？　神室が出てくるのを」

「その様子だと、どこかで彼女のことを耳にしたようですね」

「Aクラスに様子を見に行った時に鬼頭が教えてくれた」

「彼はけして口数の多い方ではないのですが、交遊関係とは分からないものですね」

「野暮だとも思ったが、邪魔することにした。特別親しかったわけじゃないが、これで会えるのは最後になる。軽くでも挨拶をしておこうと思ったんだ」

「そうでしたか」

実際のところは、神室との挨拶なんてどうでもいい。

だがこう言えば坂柳にはオレがこの場に留まることを拒否することが出来ないからな。

オレは坂柳の隣に立ち職員室の扉を見つめる。

「綾小路くんなら試験の流れだけでも何が起きたのか把握したことでしょう」

「ああ。敗北の要因は察しがついてる。誰が原因だったのか特定は出来たのか？」

「はい。その作業はとっくに終わっています」

「そうか」

なら、そちらの問題は坂柳が後日厳正に対処をすることだろう。

やがて夕日が沈もうかという頃、神室が淡々とした様子で出てくる。

誰もいないと思っていたのか、これまで見せたことのない面食らった表情を見せた。

「あんたら何してんの」

「真澄さんを待っていたんです。いけませんでしたか？」

「別にいけなくはないけど、何のために」

どうやら思った以上に神室は現実を受け止めているらしい。

「今日でお別れになってしまいましたからね。最後にお話をしておきたいと思いまして」

「まさか、あんたにも良心の呵責って奴が？　なわけないわよね。綾小路の方は？」

「社会科見学だ」

「は？　……はぁ。相変わらずわけわかんない奴」

「意外な生徒が退学することになったんだ、気にならない方が嘘になる」

「私が意外？　万引きだって平気でやる人間なのに？」

「それは過去の話だ。少なくとも総合的に見てクラスで下位の人間じゃなかった。どんな方法で坂柳が脱落者を選んだのか知らないからな。意外に思うのは無理もないことだろ」

ここではあえて触れなかったが、坂柳に近しい者でもあったしな。

「退学者はくじ引きで決めて頂きました」

「それはまた――」

「私らしくない決め方をしたと思いますか？」

「どうかな。くじ引きで退学することになった神室には気持ちを聞いてみたいところだ」

退学が決まって素直に答えてくれるかは分からなかったが、聞いてみる。

「そんなことバカ真面目な顔してよく聞けるわね」

心境を聞かれると思わなかったのか、神室は驚きつつも考え出した。

「どんなって、ただただ不思議な気分よ。今朝までは本当に普通の学校生活だったし。次の休日はどう過ごすか下らないことまで考えてた。それが突拍子もなく退学。こればっかりは想定外だった」

真っ先に切り捨てられる生徒じゃなかっただけに、危機感を強く抱いていなかったのも無理はない。坂柳にしても負けるとは思っていなかっただろうしな。

「私の責任です。あなたには悪いことをしましたね」

「いや、そういうのいいから」

謝罪に近い言葉を口にした坂柳に神室は即座に反発した。

「私は別にあんたのせいにする気もない。どうにかしろとも思ってない。いつかこんな風に退学になっても構わないと思ってやってきたから」

元々は素行が良かったわけではない神室。自分の中ではしっかり割り切る気持ちを作っていたためか、本当に終始サバサバとした様子だった。

いつまでも職員室の前で話し込むわけにもいかないと神室は自分勝手に歩き出す。

足の悪い坂柳はそんな彼女を、いつもより早く追いかける。

どうせ帰る方向は一緒だ、ついていっても問題はないだろう。

「文句の1つや2つ、受け止めるつもりで待っていたのですが」

「余計なお世話」

「学校を辞めた後はどうするつもりです？」

「退学になっても試験をパスしたら編入生として受け入れてくれる高校が幾つかあるみたい。親が高校は出ろってうるさいから一応そっちに行くつもり」

どうやらその辺も含め、僅かな時間で神室は自分の道を決めたらしい。

だんだんと神室と坂柳との距離が開いていく。

足並みを揃えなければ普通に追いかけることすら難しい。追い付くためにより急いで歩こうとするも、慣れない行動によって前のめりに転び床に手をついてしまう。

「何やってんの」

振り返ってため息をついた神室は、戻ってきて坂柳を優しく抱き起こす。

「明日から私はいないんだから、さっさと代わりを見つけなさい」

「分かっています。……真澄さん」

「何よ」

面倒そうに目の前で返事をする神室。

「いえ、何でもありません」

何かを言いかけた坂柳だったが取りやめる。

首を傾げつつ神室は杖を拾い上げ、それを持たせるとまた先に歩き出した。

また坂柳はそんな神室を危なっかしく追いかけ始める。

「何か言いたいことはないんですか」

玄関が近づいたところでもう一度振り返る。

「は？　なに、もしかして私に責めてもらいたいの？　なんで退学させたんだとか」

「そういうわけじゃありません。ただ私には聞き届ける責任がありますから」

「下らない――――」

そう言葉を切った神室だったが、坂柳の目を見て思いとどまる。

「ったく。あんたって……賢いくせにバカなところあるのね。今頃知ったわ」

「私がバカとは聞き捨てなりませんね。どういう意味です？」

「聞き届ける責任があるんだったら黙って聞いとけばいいでしょ」

うまい具合に一本取られた坂柳。

「じゃあ、アレ。この学校に未練なんて無いんだけど、私に1つだけ約束しなさい」

「約束？　何でしょう」

「私のためじゃない、クラスを裏切った奴には必ず同じ道を辿らせて。約束できる？」

「それがあなたの望みなんですか？」

「そう。それだけ。出来る？」

「約束します。私は裏切り者を絶対に許さない。必ず排除すると約束します。もちろんその代償にクラスが負けるような事態にも陥らせません」

宣誓する坂柳に神室は一度頷いて、その奥のオレに目を向けた。

「坂柳が約束を果たしたかどうか、あんたも連帯責任で見届けて綾小路」

「背負う必要のなさそうな連帯責任だが、聞き届けた」

「そう、ならいい。悪いけどあんたとはここまで。私はもうこの学校の生徒じゃないし、面倒を見る必要もないでしょ？」

そう言い、神室は1人靴を履き替え準備に時間のかかる坂柳を無視して歩き出した。

そして一度も立ち止まることなく寮の方へと姿を消していく。

明日の朝には、もう神室はこの学校には留まっていないだろう。

当人だけではなく、クラスの多くが神室の退学に心の準備など出来ていなかったはず。

「最後まで彼女は自分らしさを貫いていきました」

「だな」

「――私はもうしばらく時間がかかります。どうぞお先にお帰りください」

神室に続いてオレも学校の外へ。

坂柳にとって、やはり神室は単なるクラスメイトではなかったようだな。

1

それから少し歩き、１週間ほど前に森下と会ったベンチの近くまで辿り着いた。

今は無人で人の気配もない。そこに１人腰を下ろす。

それから10分ほど経過しただろうか。

目的とする人物が、普段よりもゆっくりした足取りで姿を見せた。

いつもならもっと視野を広く持っているだろうに、こちらに気が付いていない。

「随分と仕度に時間がかかったんだな」

声をかけると、僅かに驚いたがすぐにその感情を隠した。

「もしかして私を待っていたんですか……？」

「おまえにも今の心境を聞いておくのを忘れていたからな」

「なるほど。Ａクラスの敗北を見られる機会は、そうはありませんからね」

「読み合いでおまえは一歩も劣っていなかった。他クラスの弱点を見抜き的確に突いてくる立ち回りも、防御の読みも上出来。３人のリーダーを明確に上回っていたと見ている」

「そんな私が負けたわけですから、笑えませんね」

「確かに」

「ですが残念ですね。別に変わった心境など１つもありません。敗因が私の実力不足だというなら話は変わりますが、そうではありませんから」

「勝敗だけはそうかもな。だが退学者に関してはその限りじゃないだろ？」

「敗北したクラスに脱落者がいれば退学者が出る。最初から分かっていたことですよ」

あくまでも認めようとしない坂柳だが、オレは続ける。

「それでも、おまえにとって敗北は――――いや、神室の退学は予定外だったはずだ」

「見くびらないで欲しいものです。確かに真澄さんは私の傍で2年間働いてもらいましたが、ずば抜けて優秀な生徒でもなければ、ましてや従順だったわけでもない。そんな彼女が退学してもクラスへの影響力は皆無です」

とんだ勘違いだと、笑って答えてみせる。

「おまえらしくないな坂柳。いつもの平常心とは程遠いように見える」

「私らしくありませんか？　そうは思いませんね」

「オレがこの場にいて疑いを向けている時点で察した方がいい」

神室の退学が何ら坂柳に影響を与えていないとしたら、ここで待ってなどいない。

こうしてわざわざ、無意味に揺さぶりをかけることなどしない。

「確かにあなたの洞察力はずば抜けて高いですが自信が過ぎるのでは？」

「どうかな」

こちらが考えを変えないことを示すと、坂柳も流石に少しだけ困ったようだった。

「真澄さんの退学が私の心に影響を与えている。そう言いたいのですか？」

「ハッキリ言えばそういうことになる」

「あり得ませんね」

「認めたくない気持ちは分かる。それを認めてしまえば、おまえは同時に自分が選択を誤ったのを認めることにもなるからな」

複数出ていた脱落者から、神室ではない別の者を選ぶべきだったと後悔が生まれる。

「おまえは自分が強いことを知っている。だから他人の弱さにはあまり共感できない。他人の弱さに寄り添うことが出来ない傾向にある」

「綾小路くんにだけは言われたくないセリフですよ」

「確かにオレにも当てはまっている部分ではあるが、おまえは中途半端で振り切れてない。人として当たり前の感性を持つからこそ、無意識に一部だけ理解してしまう」

両者は共通点も多いが相違点も多い。

「分かりませんね。結局綾小路くんは何が言いたいのでしょうか。まさか、私がもっと弱くなって良かったと？　真澄さんを残したいと、我儘に振舞うべきだったとでも？」

「普通のリーダーになら身勝手は許されることじゃないな。だがこの先勝つことを念頭に置くならそうすべきだった。おまえが強くあるためには、神室は残すのが正解だった。ＯＡＡ基準でも何でも他の奴を退学にする理由を並べ立てるべきだった」

しかし自分のプライドが邪魔をした。

予想外の負けに、平静を装って誰が消えてもいいと誤った判断を下してしまった。

失ってしまった身体の一部は戻らない。

坂柳はこの先、欠損した状態で戦っていかなければならなくなった。

「ご心配なく。彼女の存在は一切影響ありません。私はもうこの舞けで先負けません」

「負けるだろうな。このまま学年末試験に挑めば今回の二の舞になる」

坂柳が認めていないだけで、状況は大きく変わりだしている。

「なるほど、綾小路くんの狙いが分かりました。あなたは私にダメージを受けてもらわなければ困ると考えている。だから今回の件で弱っていることにしたい。そのために精神的揺さぶりをかけようとしている――違いますか?」

「どうしてオレが坂柳に弱ってもらわないと困るんだ?」

「Aクラスが抜きん出たままでは不都合ですよね? あなたの望む理想の展開を作り出すために、4クラスを拮抗状態にしたまま3年生を迎えたい。それが目的なのでしょう?」

「間違っちゃいないが、それだけでは不十分だ」

「どう間違っていると?」

「今の時点でAクラスがリードしているかどうかは大した問題じゃない。オレの目的は各クラスに最大限のポテンシャルを引き出させることにある。そのためには龍園だろうと一之瀬だろうと、坂柳だろうと干渉する」

「――気に入りませんね。私があなたに介助を受けなければならない言い草です」

「だからここにいる。おまえを助けるためにここにやっと止まった。最初から分かってはいた。ただ分からないフリをしていただけ。

饒舌に抵抗していた坂柳の言葉がここでやっと止まった。

元々賢い坂柳だ。最初から分かってはいた。ただ分からないフリをしていただけ。

「おまえの誤算は神室の存在が、表面で考えているよりも大きかったことだ。他の有象無象と変わらないと決めつけ、いやそうなんだと思い込みたくて、くじ引きなんかで決定を下してしまった」

　後悔先に立たず。反感を買ってでも自分に素直になるべきだった。

　もちろん負けないと思っていた驕りと油断もその間違った決定の要因にあるだろう。

「私は……」

　オレの目を見ていられなくなった坂柳が、視線を逃がした。

　そして遠くを見つめ、静かに息をつく。

「私は小学校、中学校と義務教育を過ごして来た中で、ハッキリ言ってしまえば友人を作ったことは一度もありませんでした。思考レベルが低く、稚拙な存在に、どうしても歩調を合わせることが出来なかったんです」

　幼い頃から、そうだったと自分を顧みる。

「この学校でも変わらない。真澄さんも、橋本くんも、鬼頭くんもそうです。近くには置いていましたが、それはただ手足となってもらうため。それ以上でもそれ以下でもないと思っていた。他人も同然だと思っていました」

　周囲の人間を友人と認識していなかった坂柳の学生としての生活。

　だが、他人と友人の境界線など曖昧なもの。誰にも本当の線は測ることが出来ない。

「だから誰が消えても同じだと思っていたんですが……」

そこで言葉が止まる。

もう、坂柳にも偽れない本当の答えが見えているだろう。

「どうやら私の中で真澄さんは、いつの間にか友人になってしまっていたようです」

同じ友人という言葉を使っても、今とこれまでとは重みが桁違いだ。

心から認めていたか認めていなかったかで、発した意味は大きく異なる。

賢い自分が、そんな存在に左右されることなど無いと思い込んでいただけ。

「……どちらにせよ私らしくはありませんね」

「そうかもな。だがこれで気付けた。神室を失って弱くなった分、より強くなれる」

この程度で躓き、立ち上がれないようなレベルであってもらっては困る。

「いつも裏でこうやって色々な方にアドバイスを送っていたんですね。道理で皆さん成長してくるわけです」

「まだまだだけどな」

坂柳はそれ以上何を言うでもなく、ゆっくりと、そして丁寧に頭を下げた。

これ以上は一緒にいるわけにはいかない。そんな要求を感じ取った。

それに従うように小さな背中を見送り、オレは再びベンチに腰を下ろす。

「結果的に、神室の退学は好材料に変わったな」

その他の有象無象では今ほど坂柳の感情に影響を与えられなかった。

それに場をコントロールするまでもなくクラスポイントも全体で圧縮されてくれた。

それぞれのクラスが力をつけ戦えるようになってきた証拠だ。
後は坂柳白身がよく考え、よく気付き、そして大きく成長しなければならない。
そして今まで抱いたことのない感情と向き合っていく時間が始まるはず。
龍園は一皮むけて先に進みだした。
以前のやり方を変えるのではなく、更にその特徴を昇華させている。
この先も容赦なく、周囲に対してその力を広げていく。
学年末試験まであと約2ヵ月。

「オレも淡々と準備を進めることにしようか」

軽井沢恵のこと。
一之瀬帆波のこと。
そしてクラスのこと。
残された学校生活、周囲の記憶に残る存在になるための行動を始める。

あとがき

コロナ、インフルエンザ、骨折、そして首のヘルニア。今年だけで物凄いラッシュを食らって満身創痍の衣笠です。僕はちゃんと生きてます。衣笠です。

でもヘルニアからくる背中の痺れと痛みが酷くしかも長引いてしまいそうで、今回の原稿は発症前に執筆できていたので良かったですが、以降影響が全く出ないとは言い切れないかもしれません……。小1時間椅子に座ってると限界な日々に悪戦苦闘中です。

と、暗い話ばかりをしても仕方がないので明るい話題を。

阪神タイガース、18年ぶりのリーグ優勝おめでとうございます！！！！！！

感動をありがとう！　興奮をありがとう！　とらほ————！！！！

はい。これだけは言わせてくださいね。いいよね？　だって18年ぶりだもの。色々買っちゃいましたよ。どこで使うんだって帽子やシャツ。いいでしょ。だって18年ぶりだもの。

そりゃおじさんもシールとかステッカーとかタオルとか買っちゃいますよ。

今回はあとがきが1ページということで……すまない、10巻の内容について触れる余裕はもう残されていないようだ。次回、頑張ります。背中の痛みに負けないように……！

MF文庫J

ようこそ実力至上主義の教室へ 2年生編10

2023年10月25日　初版発行
2024年6月10日　5版発行

著者　衣笠彰梧

発行者　山下直久

発行　株式会社KADOKAWA
〒102-8177 東京都千代田区富士見2-13-3
0570-002-301（ナビダイヤル）

印刷　株式会社広済堂ネクスト

製本　株式会社広済堂ネクスト

Printed in Japan　ISBN 978-4-04-682985-6 C0193

●お問い合わせ
https://www.kadokawa.co.jp/（「お問い合わせ」へお進みください）
※内容によっては、お答えできない場合があります。
※サポートは日本国内のみとさせていただきます。
※Japanese text only

◇◇◇

【ファンレター、作品のご感想をお待ちしています】
〒102-0071 東京都千代田区富士見2-13-12
株式会社KADOKAWA　MF文庫J編集部気付「衣笠彰梧先生」係　「トモセシュンサク先生」係